The New Yorker Stories

紐約客故事集 III

兔子洞是更可信的解釋

安・比蒂（Ann Beattie）——著　　周　瑋——譯

目錄

瑪麗的家

我的妻子，瑪麗，打算辦場晚宴——一個有人承辦飯菜的晚宴，她要邀請老朋友、新朋友和左邊的鄰居們，這些我們有所來往的人。就在承辦人快到達時，莫莉·范德格里夫來電，說她女兒燒到華氏一百零二度，她和她丈夫來不了了。我看得出來我妻子安慰莫莉的時候有些失望。然後，電話打完沒幾秒，莫莉丈夫的汽車就駛離車道。每次聽到車子疾速開出的聲音，我的第一個念頭總是：有人離家出走。我妻子的猜測比較實際些：他是去買藥。

我妻子自己就在我們和好後這三年中出走了兩次。第一次，她在盛怒下一走了之；第二次，她去懷俄明看朋友，把一週的訪期延長到六週，儘管她沒有真的說不回來，可是我就是無法說服她訂機票，也無法讓她說她想我，更不用說愛我了。我做過一些錯事。我替自己買了昂貴的新車，把我的舊車給她；我賭博輸過錢；我回家太晚而誤了吃飯高達一百次。但我從沒離開過我妻子。是她在我們打算離婚的時候搬出去。我們和好以後，又是她飛車離去，以此結束我們的爭吵。

這些事在心中載沉載浮，一點小事就會讓我想起她每次出走，或是威脅出走的情形，或是她想要一件我們買不起的東西時，會用一雙我形容為「震驚的兔子」式的眼睛瞪著我。不過大多數時候，我們還是努力振作。她一直在找工作，而我下班直接回家，我們一起解決電視遙控器的矛盾：我讓她用一小時，她讓我用一小時。我們晚上看電視的時間盡量不超過兩小時。

今晚不會看電視了，因為有酒會。這時候，承辦人的車已經並排停在我們的房前，承辦人——一個女人——正把東西搬進屋裡，一個十來歲的男孩幫她，估計是她兒子。她有多愉快，他就有多消沉。我妻子跟她擁抱了一下，兩人都笑了。她跑進跑出，把盤子端進來。

我妻子說：「不知道我該不該出去幫忙。」隨即自問自答道：「不——她是我雇來做事的。」然後她暗自微笑起來。「很遺憾范德格里夫一家來不了了，」她說，「我們留點吃的給他們。」

我問要不要用音響放點音樂，可是我妻子說不要，說話聲會蓋過音樂，要不就得把音量放到很大，會吵到鄰居。

我站在外屋，看著承辦人和那個男孩。他進門時伸直手臂拿著一個餐盤，小心翼翼的，猶如孩子手持著讓他有點害怕的小煙火般。我盯著時，梅太太，那個我們不來往的鄰居（有天晚上我們睡覺以後，忘了關前廊燈，她叫警察來）和她的兩隻玩具貴賓犬安娜克雷爾和埃絲特從我們屋前走過。她假裝沒有注意到承辦人正把宴會食物端進我們家。她能一眼把你望到底，讓你覺得自己像個幽靈，連她的狗也練就了這種眼神。

我妻子問我最想見到誰。她知道我最喜歡史蒂夫・紐荷爾，因為他是如此滑稽，不過為了讓她大吃一驚，我說：「哦——能見到雷恩一家挺好，可以聽聽他們的希臘之旅。」她對此嗤之以鼻。「等到你開始關心旅行的那天再說吧。」她說。

她和我一樣，對爭吵同樣負有責任。她的話裡帶著刺。我盡量使用禮貌的語調和措辭，而她卻毫不客氣，輕蔑地哼哼鼻子，再來幾句刻薄的話語。這一次，我決定置之不理——就是不理睬她。

起初我不明白為什麼我妻子要和那個承辦人親親抱抱，但是後來她們聊天的時候我想起我妻子是在幾個月前於亞歷山卓的送禮會上遇到她的。她們倆朝一名女子直搖頭——我沒見過，所以她一定是我妻子以前工作時交的朋友，她們倆還說從來沒聽說過哪個醫生會讓生產持續六十多個小時。當錫紙從魔鬼蛋[1]上揭掉的時候，我聽明白了，那

1 美式西餐中很常見的一道開胃菜，將水煮蛋剝殼後對半切開，蛋黃挖出碾碎，加美乃滋、鹽和黑胡椒調味，再放回蛋白中。

個女人現在沒事了，她離開手術台前將輸卵管結紮了。

男孩沒說再見就回到車裡。我站在走道上，望著門外。他上車，用力關上車門。他身後，太陽下山了。又是過去那種曾讓我著迷的粉橘色落日。但我馬上從門口走開，因為我知道承辦人要出來了。事實上，如果我不必跟她寒暄客套，反而更好。我不大擅長跟不認識的人找話聊。

承辦人朝我所在的房間探頭。她說：「祝晚會愉快。我想你會很喜歡那個火辣辣的豆泥蘸醬。」她微笑著，還出乎我意料地聳聳肩。似乎沒有理由聳肩。

我妻子托著一盤肉片從廚房出來。我主動要求幫她拿，她卻說自己很挑剔，情願自己來，這樣她就知道她都把東西放哪了。我不知道她為什麼就不能看看桌子，看自己把東西放哪，但是我不宜在她做事的時候提問，她會發脾氣，情緒急轉直下。所以我出去，在門廊上看天色漸暗。

承辦人開車離開的時候按了按喇叭，出於某種原因——也許是因為他坐得筆直——那個男孩讓我想起在去華盛頓的高速公路上，有段路面是為車裡至少有三名乘客的車輛保留，於是附近的人們都去買充氣玩偶，並替它們戴帽穿衣，放在座位上。

「瑪麗・維羅齊和她丈夫試驗分居，不過今天的晚會她還是會跟他同來。」我妻子在門廊上說。

「你何必告訴我這些？」我說著轉過身，背朝夕陽，走回屋裡，「這只會讓我跟他們在一起的時候感到不自在。」

「哦，你能挺過來的。」她說。她總是用這個詞彙。她遞給我一疊紙盤，叫我分成三疊，放在桌子外側。她叫我把紙巾從廚櫃裡拿出來，沿著桌子中央放幾疊，放在插雛菊的花瓶之間。

「維羅齊的事不要讓別人知道。」她說著端出一盤蔬菜。蔬菜從碗中央到邊緣展開，菜的顏色——橘色、紅色和白色——讓我想起天空和它幾分鐘以前的樣子。

「還有，」她說，「請你不要一看到奧倫的酒杯空了，就忙著替他添上，他在努力戒酒。」

「那你來好了，」我說，「既然你什麼都知道，所有的事情都你來做。」

「我們每回招待客人你總會緊張。」她說著從我身旁擦身而去。回來的時候她說：「那個承辦人將事情做得真完美。我要做的只是把大菜盤洗乾淨放到門廊，明天她來拿。豈不是很妙？」她吻了我的肩膀。「要打扮一下了，」她說，「你準備穿你現在身上的這些嗎？」

我穿著白色的牛仔褲和藍色的針織衫。我點頭說是的。讓我驚訝的是她沒有異議。上樓時，她說：「我無法想像這種天氣還要開空調，不過你看著辦吧。」

我回到門廊，站立片刻。天色更暗了。我能看到一兩隻螢火蟲。鄰家的一個小男孩騎著單車經過，全是閃亮的藍色，後面有輔助輪，把手上繫著飄帶。那隻殺鳥的貓走過。大家都知道我曾把水槍灌滿水，趁沒人時對著這隻貓射水。我還用水管噴過牠。牠在我們草地邊緣走著。我對牠的心思瞭若指掌。

我進屋，看了一眼餐桌。樓上，淋浴噴頭的水在流。不知道瑪麗會不會穿她的無袖連身裙。她的後背很美，穿那樣的裙子很好看。雖然她那麼說，但我真的旅行——而且喜歡旅行。五年前我們去了百慕達，我在那裡買了一條無袖連身裙給她。她的尺碼從沒變過。

餐桌上，有足夠餵飽一支軍隊的食物。半顆掏空的西瓜，裡面是西瓜球和草莓。我吃了一顆草莓。還有看起來像是乳酪球的東西，上面裹著堅果粒；幾碗蘸醬，有幾碗旁邊擺著蔬菜，另外幾碗旁邊放了一碗餅乾。我用牙籤戳了一片裹有義大利燻火腿的鳳梨。我把牙籤丟進口袋，把鳳梨片排得更靠攏些，這樣就看不出我吃了一片。承辦人還沒到的時候，我妻子就把酒拿出來放在寬邊窗檯上。還有配火柴的蠟燭，隨時可以點亮。她對音樂的想法可能是錯的——至少第一批人出現的時候，有點音樂挺好——不過何必爭論呢？我同意，既然微風徐徐，我們就不需要開空調了。

沒多久，瑪麗從樓上下來了。她沒有穿無袖連身裙，而是穿了一條我一直都不喜歡的藍色亞麻裙，手裡提著一個行李箱。她沒有笑。她的臉突然顯得很憔悴。她的頭髮是濕的，用夾子別到後面。我眨眨眼，無法相信眼前這一幕。

「根本就沒有什麼晚會，」她說，「我是想讓你看看，準備好飯菜——即使不是你準備的——然後只能等著是什麼感覺。等呀，等呀。也許這樣你就能明白是怎麼回事了。」

幾乎是我在想「你在開玩笑」的同時，我也立刻有了答案。她不是在開玩笑，但是婚姻問題諮詢師——沒有哪個諮詢師會認同她現在的所作所為。

「你不會這麼幼稚吧。」我說。

但是她出了門，沿著走道向外走。飛蛾飛進屋裡。有一隻飛過我的嘴邊，觸到我的皮膚。「你打算怎麼跟福特醫生解釋？」我問。

她轉過身。「你何不請福特醫生過來喝杯雞尾酒？」她說，「還是你覺得真實生活的場景會讓他受不了？」

「你要離開？」我問。但是我已灰心喪氣。我筋疲力盡，幾乎喘不過氣來。我聲音很輕，我不確定她是否聽見。「你不理我嗎？」我叫道。她不回答，我知道她是。她上了車，發動，揚長而去。

有那麼一刻，我震驚至極，跌坐在一把門廊椅上，呆呆地望著。街上安靜得不同尋常。知了開始高唱。我坐在那裡設法平靜下來，騎自行車的男孩慢慢地踩著車往山上爬。鄰居的貴賓犬開始吠叫，我聽見她用噓聲要牠們安靜。後來狗吠聲漸趨小聲。

瑪麗在想什麼？我不記得上次晚餐遲歸是何時。是很多年前的事。很多年。

卡翠娜．杜瓦爾經過。「米契？」她說著抬起手遮在眉毛上方，望著門廊。

「嗯？」我說。

「你這幾個星期天拿到報紙了嗎？」

「拿到了！」我大聲回答。

「我們去海洋城的時候讓他們停送，現在無法再重新開始送報，」她說，「我想我應該請你幫忙收報紙的，不過你知道傑克的情況。」傑克是她兒子，有點弱智。她做的一切都是為了取悅傑克，或者她也就僅有這個說辭。言下之意，他是個小暴君。我對他了解不多，只知道他口齒不清，還有就是有次下了暴雪，他幫我鏟掉車道上的積雪。

「那沒事了。」她說著便走開了。

我聽到遠處的搖滾樂。范德格里夫家傳出很響的笑聲。他們家孩子不是生病了嗎？是誰這麼開心？我瞇起眼使勁往房子裡看，可是窗戶被照得太亮，看不到裡面。又一聲尖叫，緊接著又是笑聲。我站起來，走到草坪另一頭。我敲敲門。莫莉氣喘吁吁地來應門。

「你好，」我說，「我知道這個問題有點傻，不過我還是想問問，我妻子今晚有沒有邀請你們來喝酒？」

「沒有。」她說。她把額前的瀏海拂到一邊。她女兒踩著滑板從她身後疾馳而過。

「小心點！」莫莉喊道。她對我說：「他們明天來替地板重新抛光。她高興死了，能在屋裡玩滑板了。」

「你今晚沒打電話給瑪麗？」我問。

「我已一週沒見到她了。沒事吧？」她問。

「那她一定邀請了別人。」我說。

小女孩又踩著滑板咻咻地滑過，把滑板一頭翹起。

「天啊，」莫莉用手掩住了嘴說，「麥克去杜勒斯接他兄弟了。該不會瑪麗問了麥克，而他忘了告訴我吧？」

「不，不。」我說，「我敢肯定是我搞錯了。」

莫莉一如往常地燦然一笑，不過我看得出來我讓她很不安。

回到家，我把燈調暗些，站在前窗旁，望著天空。今晚沒有星星。也許鄉間會有，但這裡沒有。我看到蠟燭，心想，管他呢！我劃亮火柴點起蠟燭。銀質燭台裝飾華麗，質地厚重，是我姨媽的傳家寶，她住在巴爾的摩。蠟燭燃著，我看著窗戶，看到燭焰和我自己的影像。微風吹來，蠟燭結了燭淚，滴落下來，於是我又多看了幾秒，便吹滅了。

蠟燭冒著煙，但我沒有舔手指便掐了燭芯。我又看了一眼空曠的街道，然後坐在椅子上，看著餐桌。

我要讓她看看，我心想，她回來的時候我也走了。

然後，我想著要喝上幾杯，吃點東西。

但是時間流逝，我沒有離開，也沒有喝酒，碰都沒碰桌子上的東西。這時我聽到一輛車停了下來。閃爍的車燈引起我的注意。一輛救護車，我心想——我不知道是什麼情況，但是她不知怎地弄傷自己，救護車不知道什麼原因而過來了，然後……

我跳了起來。承辦人站在門口，皺著眉頭，肩膀微聳。她穿著平口無肩短上衣配牛仔裙和球鞋。我身後的屋裡一片寂靜。我看到她朝我背後外屋燈的方向張望，分明很困惑。

「這只是個玩笑，」我說，「我妻子開的玩笑。」

她皺起眉頭。

「沒有什麼晚會，」我說，「我妻子離開了。」

「你在開玩笑。」承辦人說。

我看著她背後的車，車燈在閃。那個男孩不在前座上。

「你來這幹麼？」我問。

「哦，」她說著垂下眼簾，「事實上我——我想你們可能需要幫忙，我可以來多做一些服務。」

我皺起眉頭。

「我知道這聽起來有點怪，」她說，「不過我剛入這行，想給人有個好印象。」她還是沒有看我。「我以前在社區學院總務主任的辦公室做事，」她說，「我討厭那工作。所以我想要是我當宴會承辦人，有足夠多的工作……」

「好，進來吧。」我說著站到一邊。

已經有一陣子了，小蟲不停地往屋裡飛。

「哦，不了，」她說，「你們有麻煩，我很難過。我只是想……」

「進來喝一杯，」我說，「真的。進來喝一杯吧。」

她看著她的車說：「稍等。」她沿著走道走回車裡，關了車燈，鎖上車，又沿著走道走了回來。

「我丈夫說我不該插手，」她說，「他說我太用力討好別人，如果你讓人看出來太急切，就得不到想要的東西。」

「別理他的理論，」我說，「請進來喝一杯吧。」

「我覺得你妻子有點煩躁，」承辦人說，「我以為她是因為搞一個這麼大型的聚會而緊張，有人幫忙她會心存感激。」

她猶豫了一下，然後走了進來。

「好。」我說著攤開雙手。

她不安地笑了起來。我也笑了。

「紅酒？」我說著指指窗檯。

「好。謝謝你。」她說。

她坐下來，我替她倒了一杯紅酒，遞給她。

「哦，我其實可以自己來。我是在——」

「坐著別動，」我說，「我身為主人總得招待一下，不是嗎？」

我為自己倒了一杯波本，從冰桶裡拿出幾顆冰塊，放在杯子裡。

「你想談談這事嗎？」承辦人問。

「我不知道該說什麼。」我說。我用一根手指在杯子裡攪著冰塊。

「我來自科羅拉多，」她說，「我覺得這裡很奇怪，不知是過於保守還是怎麼的。」

她清了清嗓子。「也許不是，」她說，「我的意思是，很明顯，你永遠都不會知道——」

「知道別人家裡到底有什麼事。」我替她把話說完。「現成的例子。」我說著舉起酒杯。

「她會回來嗎？」承辦人問。

「我不知道。」我說。「我們以前當然也吵過架。」我喝了一口波本，「當然，這次不算是吵架，有點像她單方面的胡鬧，我猜你會這麼說。」

「有點滑稽，」她說，「她告訴你那些人都被邀請了，然後——」

我點點頭，打斷她。

「我是說，外人會覺得滑稽。」她說。

我又啜了一口酒。我看著承辦人。她是個瘦削的年輕女人，看起來讓人感覺她對食物沒有什麼特別的興趣。她其實挺漂亮的，清淡的美。

我們沉默著坐了一會兒。我能聽到鄰居家的尖叫聲，我肯定她也聽到了。從我坐的位置，我可以看到窗外；螢火蟲發出點點短促的微光，從她坐的位置，她只能看到我。她看看我，又看看她的酒杯，再看看我。

「我不是說這對你有多重要，」她說，「但是能看到事情未必是它們表面那樣，這點對我有益。我的意思是，也許這個地方還過得去。我是指，也不見得比其他小城更複雜。也許我有偏見。」她喝了一口酒。「我不是很想離開科羅拉多，」她說，「我在那裡當滑雪教練。跟我一起生活的那個人——他不是我丈夫——我和他原本想在這裡開一家餐館，但沒成功。他在這一帶有很多朋友，還有他兒子，所以我們來了。他兒子跟他媽媽——我朋友的前妻一起生活。我幾乎誰也不認識。」

我拿過酒瓶，又倒了一杯酒給她。我喝乾最後一滴，晃動冰塊，替自己添酒，把酒瓶放在地板上。

「很抱歉我冒冒失失地攪局。我待在這一定讓你不自在了。」她說。

「沒有，」我說，有一半是真心的，「我見到有人來很高興。」

她轉過身，回頭看看。「你覺得你妻子會回來嗎？」她問。

「不確定。」我說。

她點點頭。「這種情形很奇怪，你知道某個人的一些事，他們卻對你一無所知，不是嗎？」

「你的意思是？你剛才跟我講了科羅拉多，還有你們打算開餐館。」

「是啊，」她說，「不過那些不是私事。你知道我的意思。」

「那就把私事說來我聽聽。」

她的臉紅了。「噢，我不是那個意思。」

「有什麼不行？」我說，「這個夜晚已經夠奇怪的了，不是嗎？你跟我說點私事又如何？」

她咬了手指甲根上的硬皮。她可能比我想像的年輕。

她留著一頭閃亮的長髮。我試著想像她穿著尼龍外衣，站在滑雪場的斜坡上。這讓夜晚突然顯得更熱了。我因此意識到只要再過幾個月，我們都會穿上羽絨外套。去年十一月下了場大雪。

「跟我一起生活的那個人是插畫家，」她說，「你可能曾看過一些他的東西。他不缺錢，他只是什麼都想要。畫畫，開餐館。他很貪心，不過他總能想辦法得到他想要的東西。」她喝了一口酒。「說這些怪怪的，」她說，「我不知道為什麼要跟你說我們的事。」然後她不說了，抱歉地笑了笑。

我沒有安撫她，而是站了起來，在兩個盤子裡放了一些食物，把其中一個盤子擺放在我椅子旁邊的小桌上，另一個遞給她。我又替她倒了一杯酒。

「他在陶瓷廠旁邊有間工作室，」她說，「那棟裝有黑色百葉窗的大樓。下午他打電話給我，然後我就帶上野餐籃，我們吃午餐，做愛。」

我用拇指和食指把一塊餅乾掰成兩半，吃了。

「不過這不是關鍵，」她說，「關鍵問題是，午餐總有奇異麵包[2]之類的東西。真的很怪。我切掉麵包的硬皮，塗上很多蛋黃醬做火腿三明治。或者用 Ritz 餅乾做芝士三

2 Wonder bread，是指品牌名稱，為一種吐司。

明治，或者是花生醬和棉花糖三明治。我們喝酷愛[3]、麥根沙士之類。有一次我煮熱狗，然後切成片，夾在餅乾裡，再在邊上抹上一圈乳酪，搭配胡椒博士汽水[4]吃。總之，午飯一定得是很難吃的東西。」

「我明白了，」我說，「我猜我明白了。」

「噢，」她說著又垂下眼簾，「我是說，我猜這很明顯，你當然能明白。」

我等著，看她是不是打算讓我也吐露一些事情。可她卻站了起來，把最後一點酒倒在杯中，背對我站著，看向窗外。

我知道那個陶瓷廠，在小鎮比較亂的那一帶。那條街上還有一個酒吧。有天晚上，我從酒吧出來，一個年輕人襲擊我。我記得他騎車衝過來時動作有多快，輪胎摩擦地面發出尖銳的聲音，就好像他騎的不是自行車而是輛大汽車。然後他撲到我身上，半打半壓，好像我的錢包會從藏著的地方彈出來，就像小丑的頭從整人魔術盒裡彈出來那樣。「在我的後袋裡。」我說。他隨即把手塞進我的口袋，然後在我腰間重擊一記。「躺著別動！」他幾乎是在耳語，我側臥著躺在地上，手蓋在臉上，這樣，他之後回想起來就不會因為我看清他的臉而回來找更多麻煩。我的鼻子在流血。我的錢包裡只有大約二十塊，我把信用卡放家裡。後來，我終於站了起來，試著走動。陶瓷廠裡有一盞燈亮著，但是裡面沒什麼動靜，我推測裡面沒人——只是留了一盞燈而已。我把手按在大樓牆上，試著站直些。有那麼一下，一陣劇痛穿透我的身體——如此劇烈，我又倒下。我呼吸了幾次，疼痛過去。透過大玻璃窗，我看到陶瓷做的牧羊人和動物——會放在基督誕生的場景布置裡。它們沒上釉彩——還沒有燒製好——因為全是白色的，大小幾乎一樣，猴子和東方三博士[5]看起來非常像。離耶誕節大約還有一個星期，我心想，它們為什麼還沒完工？時間太緊湊了，要是他們再不抓緊時間上色，就太遲了。「瑪麗，瑪麗。」我低聲說，知道我有麻煩了。然後我努力走動，上車，回家去見我的妻子。

（一九八六年十二月十五日）

---

3 Kool-Aid，即溶粉末飲料，有各種水果口味，以粉末加水而成。

4 Dr. Pepper，胡椒博士汽水為美國軟性飲料、碳酸飲料的品牌之一，其獨特口味迥異於可樂。

5 《聖經》人物。根據《新約．馬太福音》記載耶穌誕生時，有三位博士（博學之士）在東方看到伯利恆方向的天空中有顆大星，於是便跟著它來到耶穌的誕生地。

霍雷肖的把戲

離聖誕節還有幾天，聯邦快遞的卡車停在夏洛特家門口。夏洛特的前夫愛德華寄來一個包裹給她，以及一個更大的包裹給他們十九歲的兒子尼古拉斯。她馬上拆開她的包裹，跟去年的禮物一樣：一磅裹巧克力的澳洲堅果，包著銀色條紋紙，附的賀卡上寫著：「愛德華．安德森及家人祝聖誕快樂。」這一次，賀卡是愛德華的妻子寫的，不是他的筆跡。夏洛特把包裹裡的東西倒在廚房的地上，玩起彈珠遊戲，用一顆堅果彈另一顆堅果，看著它們四處滾動。當尼古拉斯到加油站換油的時候，她喝了幾杯波本，沒喝太多。她開始玩彈珠遊戲前先把廚房門關上，否則她的狗霍雷肖會全速猛衝進來，牠每次聽到廚房裡有動靜時都會這樣。霍雷肖是這個家的新成員——假期的訪客。牠是尼古拉斯的女朋友安德麗雅的狗，她飛到佛羅里達跟父母過聖誕節，因為尼古拉斯要開車來這裡過聖誕，他便帶上了霍雷肖。

尼古拉斯是聖母大學大三生。他遺傳了父親的鬈髮——愛德華討厭那樣的頭髮，他稱之為泡麵頭——但不討厭自己的藍眼睛。夏洛特一直為此感到難過。尼古拉斯遺傳了她的眼睛：普通的褐色眼珠，她喜歡盯著它們看，儘管她自己也說不清為什麼覺得它們有趣。她提醒自己不要盯著他太久。那天早上吃早餐時他剛說過：「夏洛特，下床就被人那麼盯著有點不舒服。」他現在常叫她夏洛特。六年前她搬到夏洛特維爾，雖然這個小城的住戶喜歡社交，她也認識了不少人（她和其中多數人的交情終於到了不再開玩笑說一個叫夏洛特的人住到夏洛特維爾[1]），但她就是不知道哪戶人家的兒子和尼古拉斯年齡相仿。也夠奇怪的，她認識兩個和她年齡相仿的女人，都快要生了。其中一個有點害臊，另一個興高采烈。這是件醜聞（夏洛茨維爾的人們把醜聞——他們並不真的這麼認為——叫作「醜事」，以此自嘲），這位興高采烈的四十一歲的準媽媽，剛從維吉尼亞大學法學院畢業，並未結婚。也有傳言說她四十三了。

夏洛特在城裡一家頗有名望的老牌律師事務所當律師祕書。她和愛德華十幾年前分手以後，離開紐約搬到華盛頓，在美利堅大學註冊入學，繼續攻讀本科，準備考法學院。尼古拉斯在拉斐特中學上學，當夏洛特在週末時將自己關在屋裡，通宵看書，尼古拉斯就由夏洛特的父母照顧，他們住在克利夫蘭公園一帶。但還是有麻煩：尼古拉斯在新學校很難交到朋友；另外，夏洛特和愛德華之間的怨憤似乎因為地理上的距離而升級了，結果夏洛特常常受到干擾，接到愛德華打來指責她的電話，對她拿學位的事毫無信心。

最後她終於承受不了，決定放棄成為律師，當了律師祕書。愛德華開始來訪，從紐約搭高速列車到華盛頓。有一天他帶著一個黑頭髮黑眼睛、身上戴了過多珠寶的年輕女人出現。在那之後他們很快就結婚了。禮物卡片上的「及家人」指的是她和她上一段婚姻的女兒。夏洛特從沒見過那孩子。

夏洛特看著後窗窗外。霍雷肖在院子裡嗅著風的味道。尼古拉斯在南下途中停車買了木樁和鎖鏈，用來約束霍雷肖。事實上，那條狗看起來挺開心，對夏洛特院子裡的鳥或者偶爾出現的貓並沒有太感興趣。現在，尼古拉斯在樓上，正和安德麗雅通電話。尼古拉斯對那個女孩的積極與專注遠遠超過一個正把救生圈扔給落水兒童的人。

夏洛特又倒了一杯波本，往杯裡撂了三塊冰塊，坐在面朝吧檯的凳子上，吧檯上放著電話、便箋簿、待付的帳單，還有要釘的單粒鈕釦。還有兩枚沒電或是沒用過的電池（她記不清了）和一些迴紋針（儘管她記不起上一次在家裡用迴紋針是什麼時候），還有幾個木塞、一小瓶Visine滴眼液[2]，一些零散的阿斯匹靈和一個破手鐲。有一件小工具，是她從一個上門推銷的人手裡買的，叫「檸檬去皮刀」。她突然把小刀拿起來，假裝在指揮，因為尼古拉斯剛在樓上播放韓德爾。他總是會放音樂來掩蓋電話聲。

1　夏洛茨維爾（Charlottesville）的字面意思「夏洛特（Charlotte）城」。
2　美國強生公司從輝瑞製藥收購的眼藥水品牌，有消除眼球紅血絲的功效。

「為了萬能的主啊上帝……」她忘了回電給特茲維爾家，確認參加柯南神父的生日晚會。她之前說好問一下尼古拉斯去不去，再回電話的。她本來準備早餐時問他，後來可能忘了。現在她突然發現，霍雷肖可能是她的救星。不管什麼時候進屋，牠總是興奮不已，在屋裡四處跑，如果這能讓尼古拉斯放下電話，又有誰會怪她呢？她走到門外，哆嗦著，飛快地幫狗解開鏈子，帶牠進屋。牠的毛又軟又涼。牠和平常一樣樂於見到她。剛一進屋，牠就竄上樓梯。她站在樓梯底下，聽著霍雷肖在尼古拉斯房門外喘氣。果然，門砰的一聲打開了。尼古拉斯站在樓上，瞪著樓下。他的樣子的確像是剛救了落水兒童：頭髮蓬鬆，連一秒也沒空。「他在屋裡幹什麼？」他問。

「外面冷，」她說，「尼基，特茲維爾家今晚為柯南神父的生日舉辦晚餐會。你跟我一起去嗎？」

女高音們齊聲高唱。她一定顯得很慌亂——他肯定注意到她的雙手突然握住樓梯扶手——也許正是因為這，他飛快地點點頭，然後轉過身去。

夏洛特回到廚房，脫掉靴子，用一隻穿著長襪的腳輕輕撫摸著狗。作為回應，牠跳了起來，開始牠的固定小節目，那個著名的把戲。牠坐下來，伸出右爪，幾乎有些沾沾自喜。然後牠在那條腿上擦擦鼻子，把右爪放回到地上，又以同樣的姿勢抬起左爪，在左爪上擦鼻子。接著打了一個噴嚏，往左轉了兩圈，隨即過來等待愛撫。小把戲當然沒什麼寓意，不過用來取悅眾人一貫奏效。有時夏洛特甚至會在走進一個房間的時候發現牠在玩這把戲自娛自樂。「好，你真棒。」她對著霍雷肖輕聲說，撓撓牠的耳朵。

她聽到尼古拉斯下樓的腳步聲，叫道：「你去哪？」尼古拉斯大部分時間都獨來獨往，這令她很沮喪。他白天多半待在樓上念書，要不就打電話。他已經穿好大衣，戴上圍巾。他沒有把大衣圍巾掛在門廳的衣櫃裡，而是放在自己房裡。他每樣東西都放在那，好像隨時準備收拾行裝，迅速上路。

「去修車廠，」他說，「別不高興。沒什麼大不了的。我昨天問他們有沒有時間加固後煞車管線，他們說今天下午可以幫我安裝。」

「這事為什麼會讓我不高興？」她說。

「因為你覺得車不安全。你總是會想到壞事。」

「你在說什麼啊？」她問。她正在寫聖誕賀卡，想說服自己「亡羊補牢」這句話是有道理的。

「那次我拇指骨折，你搞得我好像四肢癱瘓一樣。」

他說的是去年——騎車時受的傷，車在結冰的路面上打滑。她不應該飛到印第安那，可是她很掛念他，想到他受傷就難受。上大學前，他從未離開她身邊。她沒有小題大作，當眾哭鬧——她只是到了那裡，在一家汽車旅館打電話給他。（她現在不得不承認，在內心深處，她覺得這趟旅行也許能讓她有機會認識安德麗雅，那位一開始在尼古拉斯信中出現、住在校外的女生。）尼古拉斯大驚，她居然千里迢迢趕來。他自然是沒事——左手打了石膏而已——他幾乎惱怒地說，跟她說什麼她都反應過度。

「你沒忘了晚餐的事吧，嗯？」她說。

他轉過身看著她。「我們已經談過這件事了，」他說，「七點——對嗎？」

「對。」她說。她開始寫另一封信，企圖轉移注意力，結束這個話題。

「修車廠大概要一個小時。」他說。

然後他就離開了——他父親離開的時候也總是這樣——連句再見也不說。

她又寫了幾張賀卡，然後打電話給花店，看他們是否能在紐約找到賣天堂鳥的地方。她想送花給瑪蒂娜，她的老朋友，剛從基韋斯特度假回來，回到上東區的寒風中。夏洛特聽到有一家店有天堂鳥，很開心，那兒已經賣掉一打了。「我想我們會有好運的，」花店的女人說，「如果紐約都找不到天堂鳥，那我不知道哪裡還能找到。」她的聲音很年輕——夏洛特掛了電話才想起來，她可能是范澤爾的女兒，因為沾毒品而被大學除名，剛在城裡一家花店找到工作。夏洛特十指交扣，輕觸嘴唇，對聖母瑪利亞默默祈禱：永遠別讓尼古拉斯碰毒品。讓我的尼古拉斯遠離災禍。

特茲維爾家的下沉式飯廳以中國紅為主色調，遠處的牆邊是一個巨大的玻璃陶瓷書櫃，四邊鑲黃銅，裡面照明，效果彷彿是打了光的雕花玻璃。擱架也是玻璃，邊緣光芒閃爍，有種稜鏡的透亮明淨。夏洛特看到馬丁・史密斯在那裡一點都不意外，他承包了一家叫作「傑弗遜之夢」的餐飲服務公司，自己親自到場指導。夏洛特維爾的人們有始有終——連享樂都不會完全碰運氣——夏洛特喜歡這一點。伊蒂絲・史坦頓，主人的表妹，算是夏洛特搬到夏洛特維爾以後交的第一個朋友。（她還記得她們一起吃的第一頓午餐，伊蒂絲若有所思地盯著海鮮沙拉：這個新來的、在伯韋爾的麥基工作、好看且單身的女子會適應這裡嗎？）她在和柯南神父說話。夏洛特使勁盯著他的臉看——一張圓潤、坦誠的少年的臉，只是眼睛周圍布滿深深的皺紋——在他臉上，她看到那種她稱之為「茫然的閣下」的表情。他會一邊點頭、微笑、輕聲說「不可信」，一邊聽伊蒂絲上氣不接下氣地喋喋不休（她肯定是在講去年夏天她在聖巴巴拉一家女性健美運動中心上的課），但他裝作興致盎然。伊蒂絲不是天主教徒，她不可能了解菲力浦・柯南其實是那種複雜、讓人吃驚的人。他有一次告訴夏洛特，他靠打工賺錢念完康乃爾以後（他父親在紐約州北部有一家修車廠），騎著一輛哈雷大衛森周遊全國，探尋他靈魂中擔任神職的願望。夏洛特想到他的這份自信，微笑了起來。就在上週，他還告訴她，有時他依然渴望騎摩托車，他的安全帽還放在臥室衣櫥最上層。

一名侍者經過，夏洛特終於拿到一杯酒。她巡視房間，高興地看到尼古拉斯在跟麥凱的女兒安琪拉聊天，她從喬特[3]回家來過聖誕。夏洛特想起一個月前的那天，安琪拉的母親珍娜向布林維爾——麥基的主任諮詢她跟她丈夫查茲法定分居的事。查茲也是名律師，他正摟著妻子的腰站在那裡，跟夏洛特不認識的一對夫婦交談。也許查茲還不知道她諮詢過離婚的事。女主人M. L.穿著桃色長裙經過，夏洛特碰碰她的肩頭，低聲說：「棒極了。謝謝邀請我們。」M. L.給了她一個擁抱，說：「我都沒過來和你打招呼，我肯定是走開了。」她離開時，夏洛特聞到她的香水味——M. L.在晚上總搽「喜悅」[4]——聽到她絲裙的窸窣聲。

馬丁·澤爾向夏洛特走來，跟她談起自己的膝蓋罹患風濕。他輕拍著胸前口袋裡的一個小瓶子說：「所有的醫生都癡迷於『雅維』[5]。」他說：「隨便問哪個人，他們都雙眼發光。你還以為瓶子裡是盧德聖水[6]。打開瓶蓋，拿出棉團，開始膜拜。我不是開玩笑。」他注意到他好像引起柯南神父的注意。「沒有不敬之意。」他說。

「是誰被輕慢了？」柯南神父問，「藥品公司？」他與夏洛特眼神交會，只一秒，便眨眨眼，移開視線。他叉了一隻蝦吃，用手揮開一名侍者手裡遞出的紙巾。

法蘭奇·梅爾金斯突然衝到夏洛特前面，吻她臉頰上方的頭髮。法蘭奇去年新年時出了一場嚴重的車禍，柯南神父去醫院探望以後，他就重回教堂了。關於這事，人們有很多議論，加上案子庭下和解，讓人們相信法蘭奇拿到很多錢。法蘭奇和馬丁開始比較止痛藥的故事，夏洛特便悄然離去，走到側門，有人已經敲了一陣子門了。奧倫和比利！奧倫很搗蛋。他送了他姪子們一套鼓當作聖誕禮物，還有一次在一個根本不是婚禮的晚會上撒米[7]。她一打開門，他給了她一個熊抱。

「到底是怎麼回事！」M.L.說，兩個男人進屋以後她盯著門外。「啊，我敢打賭，法蘭奇讓計程車司機在外面等著呢。」她用力揮舞手臂，對他吹口哨。她朝夏洛特轉過身來。「你能相信嗎？」她說。她的視線轉移到夏洛特身後的法蘭奇。「法蘭奇！」她叫道，「你要讓你的計程車司機整晚待在車道上嗎？有很多食物，叫他進來吃點東西吧。」

---

3 指喬特．羅絲瑪麗高中（Choate Rosemary Hall），位於康乃狄克州沃靈福德的頂尖私立高中，創建於一八九〇年。

4 喜悅（Joy），珍．巴杜（Jean Patou）公司生產的一款香水，被認為是世界上「造價最昂貴」的香水，每三十毫升就需要一千朵茉莉和二十八打玫瑰。二〇〇〇年，它在香水基金會（The Fragrance Foundation）主辦、被譽為「香水奧斯卡」的菲菲獎（FiFi Award）中，擊敗香奈兒五號（Chanel No. 5），被評為「世紀之香」。

5 雅維（Advil），輝瑞製藥生產的一款非類固醇類消炎鎮痛藥，於一九八四年推出。公司在推廣時稱阿斯匹靈與泰諾均已過時，此藥為更新換代的產品。

6 盧德（Lourdes），歐洲最著名的天主教朝聖地，位於法國南部的上庇里牛斯省。據傳聖母瑪利亞曾在此顯聖十八次，並賜治百病的聖水。

7 在婚禮上撒米這一風俗可追溯到古羅馬、古希臘時期，在美國頗為流行，意在祝福新人好運、富足。

柯南神父站在那跟男主人丹·特茲維爾交談。他們看著壁爐台，討論著擱在上面的一小幅帶畫框的裸女圖。她無意中聽到柯南神父很遺憾地說那個畫家最近離開大學的藝術系，回到紐約。夏洛特從侍者手裡接過另一杯酒，視線又回到柯南神父身上。他正在仔細審視那幅畫。夏洛特去洗手間途中，聽到尼古拉斯在跟安琪拉·麥凱聊手部手術的細節，他把拇指和食指張得很開。安琪拉看著他手指間的空處，就好像盯著在顯微鏡下蠕動且令人著迷的東西。他的手？尼古拉斯做過手部手術？

夏洛特走到洗手間門口時，一名侍者正要出來。她很高興裡面沒人，因為她離開家之前喝了兩杯，在晚會上又喝了一杯。她上廁所前把酒杯放在洗手池後面。如果她把酒留在那裡會怎樣？會有人注意到並且有想法嗎？

洗手間很小，小小的豎開窗被打開了。不過，夏洛特還是能聞到菸味。她伸手去把窗戶拉上，插上插銷，在她的黑色新襯衫上擦了擦手。「呼噓。」她開口模仿絲綢發出的聲音。「裡面有人。」她聽到一個聲音說。她抿了一小口酒，把窗戶插銷鬆開，又把窗戶推開。天空一片漆黑——在她能看到的那一小片天空中，看不到星星。外面風很大，像林子裡脫韁的動物。她轉身開始洗手。水龍頭讓她想起她多年前在羅馬看到的一處噴泉，那時她剛結婚不久。羅馬有那麼多東西造型誇張，形體卻不完整，這讓她感到煩燥：巨大的大理石頭像——獅子和滴水怪獸，波浪般起伏的鬃毛，噴水的神獸——但是通常只有九級天使和二級天使才有完整的身體。她擦乾手。那不可能是真的——不可能所有的噴泉都一樣。她心想，我為什麼要想羅馬的噴泉呢？

她打開門，看到馬丁．范澤爾在昏暗的走道上，他蒼白的臉和他黑色細條紋西裝形成詭異的對照。「派對很棒，是不是？」他說。她在門外停了下來，站在路當中。過了一分鐘才意識到自己正盯著人家，還擋住他的去路。「每年都這樣。」她聽到自己說。然後他經過她，她轉身面朝派對的喧鬧聲。她走下通往房間的兩級台階時，一個男人走了過來，他妻子在二十九號路經營一家托兒所。「夏洛特，你剛才沒見到我妻子，又沒聽到後續了。她跟柯南神父說——嗨，他又不見了——她以為切爾諾貝利是今年的事。是去年，去年春天。」

「好吧，我相信你，」他妻子假笑著說，「亞瑟，你幹麼說起這個？」

尼古拉斯走到夏洛特身邊的時候，男主人敲響了鐘聲，大家都安靜下來。

「不是聖誕老人。是一年一度為柯南神父送走舊年，迎來新年的鐘聲。」男主人歡快地說。他又敲了一下鐘。「因為今天他又成為了我們的生日男孩，如果他要繼續變老，我們也將繼續留心。」

柯南神父舉起酒杯，臉脹得通紅。「感謝大家——」他開口說，但是男主人又敲響了鐘，鐘聲蓋過他的聲音。「哦，別，你別。你可別讓我們抽出晚會時間來聽你演講，」

男主人說，「菲力浦，把你的演講留到禮拜天，留給那些對你著迷的聽眾吧。菲神父，生日快樂！晚會繼續！」人們大笑歡呼。

夏洛特看到有人的酒杯在兩個杯墊之間的桌面上留下一圈白印。珍妮特的丈夫走上前來，聊起保險業徇私舞弊的代價，然後夏洛特感覺到尼古拉斯的手抓住她手肘。「不早了，」他說，「我們該走了。」她開始跟他介紹珍妮特的丈夫，可是尼古拉斯卻帶著她離開，走進一間臥室，那兒的兩個臨時衣帽架上鼓鼓地掛著大衣和毛皮衣服。床上還堆了一大堆衣服。再後來，她和尼古拉斯突然跟 M. L. 一起站在院門口，一邊費力地套上大衣，繫上圍巾，一邊說再見。門關上以後，夏洛特才意識到她跟柯南神父連一個字也沒說到。她轉過頭向後面的房子張望。

「走吧，」尼古拉斯說，「他甚至都沒注意到。」

「你跟他說話了嗎？」夏洛特問。

「沒有，」尼古拉斯說，「我跟他沒什麼可說的。」他朝著他們停在車道盡頭的車子走去。她抬頭看他。

「我只是問問。」她說。

他走得太遠了，沒有聽到。他替她開車門，她上車。他繞到車頭，她意識到他不知怎麼的有點鬱悶。

「好吧，」他上車，砰的一聲關上車門說，「錯怪你了。總是錯怪你。你願意讓我發動引擎，而咱倆一起回去跟柯南神父道聲晚安嗎？因為那樣才周全得體。我可以鞠躬，而你可以行屈膝禮。」

夏洛特沒想到，那一刻除了挫敗感，她還感受到一種更強烈的情緒。她想不到會是這樣，直到她意識到，讓她感到窒息的是悲傷。「不了，」她輕聲說道，「你說得完全正確。他沒注意到我們離開了。」

電話響了兩回，打斷他們喝茶拆禮物的聖誕夜儀式。尼古拉斯一整天都對她很好——甚至帶她出去吃午飯，還講故事逗她開心，說他有個教授講課時用的全都是疑問句——因為他知道自己前一天晚上離開晚會的時候對她發脾氣。每次電話響的時候，夏洛特都希望不是安德麗雅打來的，因為那樣他就會離她而去，久久不回。第一通電話是瑪蒂娜從紐約打來的，她收到花喜出望外；第二通是M. L.，祝他們聖誕快樂，還說感到不好意思，派對亂哄哄的，都沒跟他們講到幾句話。

尼古拉斯送她一條喀什米爾圍巾和一雙淺藍色皮手套。她送了他《格蘭塔》雜誌和《曼哈頓公司》雜誌的訂閱費、一件厚帽衫，還有一張一百美元的支票，他可以買別的想要的東西。他父親送給他一個從前屬於他祖父的紙鎮，還有一支錶，這錶即使從火箭發射架上發射出去，也照走不誤。尼古拉斯去廚房燒開水，她靠在沙發上瞟了一眼禮物卡，上面寫著「愛你的父親」，是愛德華那種幾乎無法辨認的筆跡。尼古拉斯回來了，拆開他的最後一件禮物，是他父親的繼女梅莉莎送的：一枝廉價的圓珠筆，裡面有一張女人的照片，如果你把筆倒過來，她的衣服就會消失。

「梅莉莎有多大？」夏洛特問。

「十二、三歲。」他說。

「她長得像她母親嗎？」

「不大像，」尼古拉斯說，「但梅莉莎其實是她妹妹的孩子，我從來沒見過她妹妹。」

「她妹妹的孩子？」夏洛特抿了一小口摻了波本的茶，在嘴裡含了一秒鐘才嚥下去。

「梅莉莎還是嬰兒的時候她媽媽就自殺了。我猜她爸爸不要她，反正最後他拋棄了她。」

「她妹妹自殺？」夏洛特問。她感覺到自己眼睛瞪大。她突然想起前一晚，洗手間裡開著的窗戶、漆黑的天空、狠狠颳在她臉上的風。

「可怕吧？」尼古拉斯邊說邊把茶包從馬克杯裡拉出來，擱在茶碟上。「喂，我嚇到你了？你怎麼會不知道這事？我以為你是那種能預感災難的人。」

「你什麼意思？我不期盼災難。梅莉莎的事我一點都不知道。自然了——」

「我知道你不知道她的事，」他打斷她，「你瞧——別生我的氣，但我還是要說，因為我認為你沒有意識到自己在做什麼。你什麼也不問，因為你害怕每一個可能的答案。這讓人們不情願跟你交談。沒人想告訴你事情。」

她又抿了一口茶。茶變溫了，茶葉末浮到水面上。「人們跟我交談。」她說。

「我知道他們跟你交談，」他說，「我不是在批評你。我只是告訴你，如果你散發出這種氣場，人們會退卻的。」

「誰會退卻？」她問。

「夏洛特，我不了解你生活的全部。我只是告訴你，你從來沒有問過一個關於爸爸家的問題——多少年了？十一年了。你甚至從來不提我繼母的名字。她叫瓊。你就是不想了解，就是這樣。」

他把一團包裝紙從腳邊踢開。「我把話說完吧，」他說，「我的意思是你總是在擔心。你總是認為有什麼事會發生。」

她準備開口說話，卻又喝了一口茶。也許所有的母親在孩子青少年時期都備感壓力。大家不是都說那階段，父母幾乎怎麼做都不對嗎？那是柯南神父說的——儘管我們總想盡可能做到最好，但不能指望總是成功。她希望柯南神父現在就在這裡，整個夜晚就會不一樣。

「別生悶氣，」尼古拉斯說，「你從昨晚開始就跟我嘔氣，因為我不願意去熱情歡迎柯南神父。我幾乎不認識他。我去參加晚會是因為你想讓我去。我不再遵守教規。我已經不是天主教徒了。我不相信柯南神父所相信的。只是因為二十年前他對人生產生了懷疑，他解決了，你就覺得他是英雄。我不覺得他是英雄。我不在乎他的決定。對他來說不錯，但是與我無關。」

「我從沒提過你信仰的喪失，」她說，「從來沒有。我們不討論這事。」

「你什麼也不用說。最煩人的是你讓我知道我嚇到你。好像我故意對你做了什麼一樣。」

「你想讓我怎麼做？」她說，「你以為我多能演戲？我真的擔心。你一點也看不到我的努力。」

「你也看不到我的努力，」他說，「我為了來維吉尼亞跟你共度佳節而不去爸爸家，忍受爸爸的屁話，你也沒嘉獎我。在你的要求下，為了某個屈尊寫信給我並告訴我他會為我的靈魂祈禱的神父而去參加一個無聊的晚會，這樣的努力你也看不到。你從來想不到這些。而我卻被告知，我出門的時候沒有和他握手。如果我告訴你我修車之前車子開起來有問題，你只會更使勁地咬你的指甲，拒絕坐我的車。我希望你不要再無謂地恐慌。我希望你就此停止。」

她把馬克杯放在桌子上，看著他。心想，他已經是大人了，比他父親還高。尼古拉斯搖搖頭，走出房間。她聽到他猛跺著腳上樓。幾分鐘後，音樂響起。他在放搖滾樂，不是聖誕音樂，她的心似乎也開始以重低音冷酷無情的節奏跳動。尼古拉斯贏了。她坐在那，嚇得要死。

那個聲音震懾她的夢：一次，兩次，反反覆覆，然後驚醒她。她睜開眼睛，花了一分鐘才意識到她坐在客廳的椅子上，不在床上，而她剛才在作夢。喧鬧的樂聲成了她夢境的一部分。她瞇起眼睛。客廳的一角燈火通明——一種令人痛苦的明亮，像噪音一樣連綿不絕。在明亮的區域之外，她看到聖誕樹下一團團禮物包裝紙影影綽綽。她用一隻手拂過額頭，嘗試緩解疼痛。狗在房間另一頭抬起頭看。牠打了個呵欠，走到她身邊的腳凳旁，搖著尾巴。

噪音持續著，是從外面傳進來的。一個尖銳的聲音在她胸口回響。早些時候已下雪，一定還在下。某人的車陷在雪裡。

狗輕輕跟著她走到前窗。前院的大橡樹旁有輛車子停的角度很奇怪，頭燈朝著房子。一個前輪和一個後輪開上坡道。開車的人錯過該拐彎的路口，車子打滑溜進她的地盤。一個男人在車身一側彎著腰。另一人在駕駛座上，踩油門，輪子又轉動起來。「等我走開！我的老天，等我躲開再說！」車子外面的那個人喊道。車輪又發出尖叫聲，蓋住他其餘的話語。

夏洛特從門廊衣櫥裡拿了大衣，啪的一聲打開外面的燈。她把狗輕輕推回屋裡，沿著步道小心地走過去。雪滲進了一隻鞋裡。

「出什麼事了？」她叫道，雙手緊緊按住胸口。

「沒什麼，」男人說得好像這是世界上最正常的事，「我想找點東西墊在後面，增加點摩擦力。」

她低頭看到從她牆上扒下來的一大塊石板墊在一個後輪下面。那個男人再次猛踩油門。

「他能搞定。」男人說。

「你需要我幫你叫輛拖車嗎？」她哆哆嗦嗦地問。

附近住戶的窗子裡都沒有燈光。她不敢相信自己獨自一人在干預這事，附近有一半人都沒有醒來。

「好了！好了！」男人說，在司機又一次踩油門的時候蹲了下來。輪胎在石板上尖叫，但車子還是沒動。她突然聞到什麼甜香——是男人呼吸中的酒氣。男人跳了起來，拍打車窗。「放鬆，放鬆，真見鬼，」他說，「你不知道怎麼開車嗎？」

司機搖下車窗，開始咒罵。另一個男人用手砸車頂。司機又踩下油門，輪胎尖叫著轉動起來。

她頭一回覺得害怕了。那個男人開始拉司機那邊的車門，夏洛特轉過身，快步往家走去。不能再繼續下去了，她心想，必須停止。她打開門。霍雷肖看著她，好像牠剛才一直等在那裡，現在只想要一個答案。

在輪胎刺耳的聲音中，她聽到自己的聲音，她在對聽筒說話，向警察報告情況，提供她的地址。然後她往裡面走，走進黑暗的廚房，從左手邊過去，在那，別人從前窗或是前門兩側的玻璃窗格裡看不到她。她聽到兩個男人在大聲喊叫。尼古拉斯呢？他怎麼還在睡？既然發生了這麼多事他都沒醒，她也希望狗別吠叫，讓他繼續睡。她從廚櫃裡拿出一個玻璃杯，朝擱著波本的酒架走去。她突然意識到自己可能會被看到，便又停下腳步。她拉開冰箱門，找到一瓶打開的紅酒。她拔掉木塞，倒了半滿，喝了一大口。

有人敲門。會是警察嗎——這麼快？他們怎麼能來得這麼快，這麼安靜？她不大確定，直到敲門聲停了很久她才偷偷往門廊外看。透過窄窄的長方形的玻璃，她看到一輛警車，亮著旋轉的紅藍色警燈。

幾乎是同時，她摸到衣服翻領上有東西，低頭一看，吃了一驚。是聖誕老人：一枚小小的別針，做成聖誕老人頭的形狀，小紅帽、胖乎乎的臉頰，還有捲曲的白色塑膠鬍子，底下懸著一根細繩，掛了一個鈴鐺。尼古拉斯一定又去他們在他回家第一天看到的那家商店。她在一盤聖誕主題的胸針和飾物中挑出這枚。她告訴尼古拉斯她過去有一枚完全一樣的——聖誕老人的頭，繫著鈴鐺——那時她還是小女孩。他一定是後來又回到那家店買下的。

她躡手躡腳摸黑上樓，身後跟著那條狗。尼古拉斯在臥室裡打呼。她走過廊道去她位於屋子前端的房間。她沒開燈，坐在床上，從最近的窗戶往下看。跟她說過話的那個男人正在掏自己的口袋，把裡面的東西全放在警車車頂上。她看到警察的手電筒光束上上下下地掃著那個男人的身體，看著他聽到警察說了什麼以後解開大衣釦子，把大衣拉開。另一個男人被帶到警車裡。她能聽到他的隻字片語——「我的車，是我的車，我告訴你」——但是她聽不清完整的句子，搞不清楚司機為什麼強烈抗議。兩個男人都上車後，一名警察轉過身朝屋子走來。她起身下樓，一隻手撫過光滑的樓梯扶手，狗輕輕地跟在她身後。

警察還沒來得及敲門，她就把門打開了。冷空氣湧進走道。她看到車子的排氣管裡冒著白煙。她自己呼出的也是白煙，警察也是。

「女士，我能進來嗎？」他問。她讓開，警察進屋後她關上大門，把冷空氣關在外面。狗在樓梯平台上待著。

「牠挺乖的。或許牠本來就不是看家狗。」警察說。他的臉頰紅撲撲的。他比她開始想像的還年輕。

「他們整晚應該都會一直那樣喧鬧。」她說。

「你做得對。」他說。他低下頭，開始在寫字板上填一張表格。「我替你的牆面估了約五十美元左右的賠償金。」他說。

她沒說話。

「沒有太嚴重的損壞，」警察說，「你如果需要這張表格的副件，可以早上打電話。」

「謝謝你。」她說。

他碰了碰他的帽子。「不如從雪裡挖聖誕老人和他的馴鹿好玩。」他說著回頭看看車，車子斜插到草坪上。「聖誕快樂，女士。」他說。

他轉身離開後她關上門。隨著門咔嗒一聲，她記起所有事情。晚上早些時候，她上樓去跟尼古拉斯說，她很抱歉聖誕夜以吵架告終。她說她想讓他到樓下來，她隔著關上的房門求他，嘴靠在刷白的木頭門板。門最終打開了，她看到尼古拉斯穿著睡衣站在那裡，她手指按在門框上站定，吃驚地意識到他是如此真實，他就在那裡。他望向她眼睛深處——這個她一起創造出來的人——然而，他不在的時候，在腦海裡構想他的樣子就跟在平常想像一件聖誕禮物一樣奇怪。

尼古拉斯的頭髮亂蓬蓬的，他疲倦而惱怒地皺起眉頭看著她。「夏洛特，」他說，「你為什麼不早幾個小時上來？我下樓去把狗放進來。你大半晚上都像一盞滅掉的燈。沒人可以說你喝酒。沒人該看到你。要是你不問問題，我們都應該忽略你的存在。沒人應該為難你，對嗎？你只跟柯南神父講話，而他為你祈禱。」

現在，在樓下黑暗的門廳裡，她記起他說那些話時的感受，渾身戰慄。她回到樓下，蜷在椅子上——沒錯，她是喝多了——但卻是她醒過來，察覺到輪胎尖銳的聲響和人們的尖叫，而尼古拉斯一直在睡覺。還有，她想，他不可能像他看起來的那麼憤怒，想到這，她突然感到一陣輕鬆。他一定是在晚會後把胸針別在她大衣上——那是他們在車上吵架之後——或者是他下樓來放霍雷肖進屋時，看到她在椅子上睡著或醉倒了，他甚至可能是在那時把胸針別上去的。他一定是在大衣還掛在衣櫥裡的時候把胸針別上去的，這樣她第二天就能看到。可是她在出門去看汽車和噪音是怎麼回事的時候，很意外地提前看到了。

她看著狗。牠和往常一樣，注視著她。

「你是真的很乖，還是本來就不是看家狗？」她輕聲說。然後她拉下細繩，聖誕老人的臉亮了。她又拉了幾下細繩，在狗的注視下微笑著。她回頭看看身後廚房的鐘，現在是聖誕節的早上三點五十分。

「來吧，」她低聲說著又拉了一下細繩，「我完成我的把戲，現在輪到你了。」

（一九八七年十二月二十八日）

第二個問題

我們在那，在主教門醫院走廊盡頭的輸液室裡：週五的早晨，病人們輸血或打點滴，這樣他們就可以回家過週末。現在是二月，外面的雪已經變成汙泥般的糙灰色。奈德和我站在靠窗的一張小桌子旁，桌上擺滿甜點：甜甜圈、蛋糕、派、布朗尼、餅乾。塑膠刀叉有些堆疊一起，有些像遊戲棒一樣散落在紙盤間。奈德觀察了桌上的食物，然後挑了一個甜甜圈。理查在椅子上睡著了，大張著嘴，用嘴呼吸。打點滴的這半小時，他不斷地睡去。他是少數幾個睡著的人之一。一名五十過半的高個子紅髮男人在聽一個護士說他可能會掉髮。「你只要記住，寶貝，蒂娜．透納[1]也戴假髮。」她說。

外面，更大的雪花落下，有如揉成團的紙巾朝垃圾筒飛去。我走到窗邊避開的就是這個：護士拿紙巾給一個年輕女人，讓她擤鼻子。那個女人邊吐邊流著鼻涕，卻拒絕鬆

1 蒂娜．透納（Tina Turmer，1939-），美國著名流行歌手和演員，演藝生涯長達五十年之久。

開用拇指鉗住的鋁碗。「用紙巾，寶貝。」護士還在自顧自地說著，完全不理會那個擺出姿勢、維妙維肖地模仿蒂娜・透納的同事。我也停下來不聽了，但是有一句話卻揮之不去：「會打破一切規則。」

理查得了愛滋，已病入膏肓。奈德是他前任戀人和長期的工作搭檔，他發現自己的工作不再是讀劇本、打信件和打電話，而是在一個特製的蒸鍋裡按陰陽方位擺放有機蔬菜，蒸菜的水是波蘭礦泉水。幾個月前，就是理查必須停服AZT[2]以加入主教門醫院門診治療試驗方案前的那段時間，奈德常常晚睡。反正他也無法在下午兩點前打電話到西海岸——或者如果他有某個演員的私人電話，或某個導演的車用電話號碼的話，也可能早一小時播打。跟理查和奈德合作的所有人都比朝九晚五族的工作時間長，而我卻一向清閒，這是我們之間的一個老笑話——我沒有正式工作，但我真的有工作時，拿的錢卻多得不合情理。奈德總跟我開玩笑，話音裡有一絲尖酸刻薄，因為他有點吃醋，理查家裡突然出現第三個人。理查和我在紐約相識，當時我們都在第八大道上的一家廉價理髮店理髮，座位相鄰。他以為我是他前一晚看的外百老匯戲劇裡的女演員。我不是，但我也看了那場劇。繼續聊下去，發現我們還經常在切爾西的同一家餐廳吃飯。我也覺得他面熟。我們就這樣成為多年的鄰居——這個概念對紐約人而言比對小鎮居民重要得多。我們認識的那天，理查帶我回他家，好讓我沖澡。

那一年，熱水幾乎到達不了我居住的頂層公寓，我那位住在西二十七街的房東對此一直不聞不問。認識理查以後，我習慣穿上運動衫，慢跑到他的公寓，就位在三個街區以東再過一個街區。理查的房東住在另一套二層公寓，什麼都願意替他做，因為理查介紹他認識一些影星，還邀他去看很多電影。他聽說我忍受的虐待後氣得直冒泡，情緒飆到極旺，理查（他替我們仨煮了濾滴咖啡）發誓說那是咖啡因導致的性亢奮，之後他就四處奔忙來維修屋子。此時，在這個過於明亮的輸液室裡，我很難相信就在幾個月以前，我還坐在理查的小飯廳裡，一堆耳機擱在一疊像坍塌山石般的《綜藝》雜誌[3]上，占據了長條酒吧桌的中心。我們小口啜著新磨好的牙買加藍山咖啡，我戴著白手套的雙手握住溫熱宜人的霓虹色咖啡杯。戴手套是為了盡可能延長乳液的吸收時間。我靠製作手模謀生。每天晚上，我都塗上達爾．拉科圖的橄欖油，加一點契爾氏的潤膚乳液，外加兩顆維他命 E 膠囊液。是理查幫我取了暱稱叫「萊可」，即「浣熊」[4]。我的白手套保護我免受劃傷、指甲破裂和皮膚龜裂的麻煩。忘掉工商管理碩士吧：眾所皆知，在紐約，

2 即 **azidothymidine**，美國政府認可的第一種治療愛滋病的藥物。
3 《綜藝》雜誌（*Variety*），好萊塢最悠久的娛樂刊物之一，與《好萊塢報導》並稱為美國娛樂界的兩大行業報刊。
4 英文詞為 **Rac**，是 **Raccoon**（浣熊）一詞的縮寫。

大錢都是用奇奇怪怪的手段賺得。

我轉頭，不再看窗外的暴風雪。我們上方的牆面支架掛著一台電視，電視裡橙黃色臉孔的菲爾·唐納休[5]容光煥發，激情四溢。當一個專門回收車輛的男子談論他的人生哲學時，唐納休的態度由好戰轉為懷疑。海蒂，本樓層最好的護士，在我旁邊站了一會兒，琢磨著如何擺放我們桌上的點心，好像它們是一盤下了一半的象棋。最終，她拿起一把塑膠刀，把一塊布朗尼切成兩半就走開了，連看都沒看一眼外面的雪。

我每週末都坐車去波士頓，最後我終於確信我永遠也不會對豆城[6]產生任何好感。波士頓是個能讓任何人都開心的地方，不過公平來說，我不大有機會看到它這一面。奈德和我在公寓（按月租的）和醫院之間的路上來來回回。有一兩次我坐計程車去有機食品店；還有一夜，就像每個母親最恐懼不負責任的保母般，我們去了酒吧，又看了電影，就在我們逍遙的時候，理查卻因藥物作用沉沉睡去，床頭櫃上亮著海蒂去百慕達度蜜月時帶回給他的海星夜燈。酒吧裡，奈德問我，假如時間停止，我會做什麼：理查病情不會好轉也不會惡化，而我們一起走過那些日子——種種危機，拐彎抹角的口舌之辯，絕境下的幽默，困惑糾結，突如其來、無比清楚的醫療知識——一直持續。冬天，同樣，也會持續：斷斷續續的雪，大風，沒有窗簾就無法忍受的西曬。我從來都不是深思熟慮的人，而奈德不深思熟慮就活不下去。事實上，他多年前在史丹佛研究詩歌，寫過一組題為「假如」的詩。理查去加州，在他製作的一部電影放映後，於台上回答問題，突然被一個學生問倒了，學生的問題複雜而虛華。這之後的十五年中，他們是情人、敵人，後來是摯友、工作搭檔。他們從史丹佛來到紐約，從紐約去了倫敦，又從漢普斯特德公園到西二十八街，中間穿插了一些短期旅行，去阿魯巴島[7]賭博，聖誕節去阿斯本[8]滑雪。

「你在破壞規則，」我說，「沒有『假如』。」

「假如我們到外面，鮮花盛開，有輛車——一輛敞篷車——我們開車去普拉姆島，」他繼續說，「水中映月，北斗當空。想想看。想像一下，你的負能量就會被有益、療癒能量取代。」

「真有普拉姆島？還是你編的？」

「很有名的。香蕉海灘就在那裡。晚上絳紫大棚裡有樂隊演奏。」

「是有個普拉姆島，」我旁邊的一個男人說，「就在紐伯里港北邊。夏天那裡有很

---

5 菲爾．唐納休（Phil Donahue，1935-），美國著名媒體人，他策畫和主持的《菲爾．唐納休秀》是美國第一檔脫口秀節目，在全美電視台播出長達二十九年。

6 豆城（Beantown），波士頓的別稱，源自該城人喜食的燻豆。

7 Aruba，位於加勒比海地區的島嶼。

8 Aspen，位於科羅拉多州的滑雪聖地。

多毒藤，要小心點。有一次有個該死的傢伙把大麻跟那東西一起點著，讓我把毒氣吸到肺裡。我在醫院住了兩星期，減免了一千塊。」

奈德和我看著那個男人。

「我請你們喝一杯，」他說，「我剛省了一大筆錢。我住的酒店按照客人入住時的溫度收房費，以此招攬生意。房裡有張大號床，一台『誠實』冰箱[9]，還有可以把水流調到像暴雨梨花針般地扎在你身上的淋浴噴頭，一共只要十六塊。我住那裡的花費比我家的暖氣費還便宜。」

「你從哪來？」奈德問。

「羅德島希望谷。」男人說。他在我面前猛地伸出手臂，跟奈德握手。「哈威・米爾格林，」他說著對我點點頭，「美國陸軍預備役，上尉。」

「哈威，」奈德說，「我看你對我這樣的人毫無用處。我是同性戀。」

那人看著我。我也吃了一驚，跟陌生人講這些不像奈德的作風。情勢將我和奈德捲在一起；命運促成我們原本不可能有的密切關係。我們倆都無法想像沒有理查的生活。理查只對少數幾人敞開心門，但他一旦對誰敞開心扉，便會以此作為他自己不可或缺的理由。

「他在開玩笑。」我說。這似乎是最容易接的話。

「危險的玩笑。」哈威・米爾格林說。

「他很難過，因為我要離開他了。」我說。

「哦，這樣啊，這種事情我可不會倉促決定，」哈威說，「我要百威啤酒。你們呢？」

話題一提到酒，酒吧侍者就走了過來。

「蘇聯紅伏特加，不加冰。」奈德說。

「伏特加湯尼[10]。」我說。

「把我的換成金賓[11]。」哈威說。他晃動雙手，像甩骰子的人動作那麼快。「旁邊放幾塊冰。」

「哈威，」奈德說，「我的世界快分崩離析。我的前情人也是我的老闆，他的白血球計數跌得太低，活不了了。他在主教門醫院的治療是最後的機會。他是星期五下午的吸血鬼。他們把血輸進去，這樣他就有足夠的力氣參加這個試驗研究方案，保留他的門診資格，可是你知道這有什麼用？想像他在參加印地賽車。他領先。他停在補給站準備加油，可是補給站工人卻只給他一個飛吻。其他車還在行駛，迅速超過他。他大叫起來，

9 指酒店房間裡放有零食、飲料和酒的冰箱，客人結帳時憑良心告訴櫃檯自己拿了多少，故稱「誠實」冰箱。

10 伏特加湯尼（Vodka tonic），伏特加和奎寧水調製的酒，常配檸檬片作為杯飾。

11 指金賓威士忌（Jim Beam），全世界銷量最高的波本酒品牌之一。

因為他們應該替他的車加油，可是那些傢伙不知是瘋了還是怎麼的，只送他飛吻。」

哈威看著奈德的手，手指張開，手指間形成深深的「V」字。接著奈德把手指慢慢握起，放在下唇上，親吻他的指甲。

酒吧侍者把酒杯放下，一──二──三。他舀了一些冰塊到杯子裡，把杯子放在哈威的波本酒杯旁邊。哈威皺起眉頭，看看這杯又看看那杯，一言不發。然後他把那一小杯威士忌猛地放下，拿起另一個杯子，取出一塊冰，慢慢吮吸。他再也沒看我們一眼，也不再跟我們講話。

奈德和我溜去酒吧的那晚，理查開始呼吸急促。很快，他的睡衣就濕透，牙齒打顫。那時是凌晨四點。他扶著門框，雙腳併攏，身體蜷曲，好似在玩風帆衝浪。奈德睡在理查床腳下的睡袋裡，昏昏沉沉地醒來。我睡在客廳的沙發床上，一有風吹草動就醒。在重新入睡前，我到廚房喝水，一隻老鼠在冰箱下跑動。牠嚇了我一跳，然後我淚水隨即奪眶而出，因為要是理查知道有老鼠──老鼠正汙染著這個他試圖用空氣清淨器淨化，用礦泉水加濕器加濕的環境──他就會叫我們搬家。想到要收拾那些關於整體健康的書籍、關於冥想的小冊子、數不清的維他命、水溶性礦物質和有機穀物的瓶瓶罐罐，還有懸掛在壁爐上方的上帝之眼、他讓奈德抄了貼在冰箱上的伯尼．西格爾[12]著作的段落

——我們已經搬過兩次了，兩次都沒有充分的理由。不能一有不知名之物進來，我們就收拾所有東西搬走，對吧？而且我們還能住哪？他病情嚴重，不能住賓館，我知道醫院附近也沒有其他公寓。我們只能說服他相信老鼠只是他的想像。我們會告訴他，他有幻覺；我們會說服他改變想法，就像我們跟他耐心解釋他現在經受的恐懼只是一場噩夢，以此來安撫他。他沒在墜毀於叢林的飛機上，他是被捲在被子裡，不是被水泥重重地往下拖。

我走進臥室，奈德正使勁地把理查的手指從門框上扳開。他沒有成功，看著我，臉上是那種我已經熟悉的表情：恐懼，並且潛藏著極度的疲憊。

理查的睡袍掛在他瘦骨嶙峋的肩膀。他身體濕透，我開始還以為他不小心走進淋浴間。他朝我看，卻沒有意識到我在場。他無力地斜靠在奈德身上，奈德慢慢地扶他走回床邊。

「真冷，」理查說，「怎麼沒有暖氣？」

「我們把暖氣調到華氏八十度了，」奈德疲憊地說，「你只要鑽進被子就好了。」

「那邊是海蒂嗎？」

12 伯尼．西格爾（Bernie Siegel），美國醫學博士，癌症治療和整體醫療領域的專家。

「是我，」我說，「奈德正要扶你上床。」

「萊可。」理查茫然地說。他對奈德說：「那是我的床嗎？」

「是你的床，」奈德說，「你上床就會暖和了，理查。」

我走到理查身邊，拍拍他的背，繞過去坐在床邊，想引他過來。奈德是對的：公寓裡熱得讓人發暈。我站起來，掀開被子，把床罩撫平。奈德握著理查的手，朝著床後退一步，轉過身來面對他。我倆像演默劇似的示意著我們對床的嚮往和愉悅。理查舔著嘴唇，開始往床邊走去。

「我幫你拿點水。」我說。

「水，」理查說，「我以為我們在輪船上。我以為浴室是沒有窗戶的船艙。我不能待在看不到天空的地方。」

奈德正使勁捶打理查的枕頭。然後他握起拳頭，捶打床的中央。「所有乘客登上他媽的抗 SS-A 抗體[13]。」他說。

我轉進廚房時假笑了一聲，但理查只是急切地低語著他在浴室裡體驗到的幽閉恐懼。最後他終於回到床上，立刻睡著。半小時後，離天亮還早，奈德對我重複著理查的低語，彷彿那是他自己的話。雖然奈德和我不是同類人，我們卻都能想像理查的痛苦，是這點將我們聯繫在一起。我們把木椅從餐廳飯桌旁拉到窗邊，坐下來，這樣奈德就可以抽菸。他的菸升起嫋嫋青煙，飄出窗外。

「去過馬迪．格拉斯狂歡節[14]嗎？」他說。

「去過紐奧良，」我說，「但從來沒去過狂歡節。」

「他們用長串珠鍊做交易，」他說，「人們站在法國區樓上的陽台——女人，有時也有男人——對著下面的人群喊叫，展示那些珠鍊：你讓他們興奮，他們就把珠鍊拋下來。你越會表現，得的珠鍊就越多。然後你可以戴著你所有的項鍊走在街上，大家都知道你最迷人、你最酷。你來一個脫衣舞的動作，那些南方老男孩——其實是男人——還有異裝癖們都一起吹口哨，把長長的珠鍊扔下來。特別長的那種，大家都想要，它們相當於五克拉的鑽戒。」他把窗戶又往上推了幾英寸，好把菸掐滅。他用一根手指將菸彈到地上。然後他拉低窗戶，沒有完全關緊。這並不是那類奈德瞎編的故事，我確信他剛才告訴我的是真的。有時我覺得奈德說故事給我聽是逗我，或者是以某種方式讓我明白一件事：我是異性戀，而他是同性戀。

「你知道我有一次幹了什麼嗎？」我突然開口，想看看我能不能也讓他嚇一跳。「記

13 抗 SS-A 抗體呈陽性時，常見疾病有乾燥綜合症和紅斑狼瘡等免疫系統疾病。

14 馬迪．格拉斯狂歡節（Mardi Gras），紐奧良的傳統節日，在基督教懺悔星期二當天、大齋期前一日舉行的狂歡活動。

得我跟哈利有私情的那時嗎？有天晚上我們在他家——他老婆去以色列了——他在做晚飯，我在翻她的珠寶盒。裡面有一條珍珠項鍊。我不知道怎麼打開項鍊扣，後來我才意識到可以小心地從頭上套進去。哈利叫我的時候，我脫光衣服，在黑暗中躺在地毯上，手臂放在身子一側。後來他來找我。他開燈，看到我，大笑起來，差不多是撲到我身上，結果珍珠項鍊斷了。他直起身子說：『我做了什麼？』我說：『哈利，那是你老婆的項鍊。』他甚至都不知道她有那串項鍊。她一定沒戴過。結果他開始爬來爬去找珍珠，我心想，不，要是他重串項鍊，至少我要確保它的長度跟之前不同。」

奈德和我轉頭去看理查，他睡衣前面的結打得算是妥妥帖帖，長筒襪已套上，頭髮梳到後面。

「你們倆在聊什麼？」他說。

「嗨，理查。」奈德說，沒能掩飾他的驚訝。

「我沒聞到菸味吧？有嗎？」理查說。

「是從樓下飄上來的。」我說著關上窗戶。

「我們不是在談論你。」奈德說，聲音既溫和又警覺。

「我沒這麼說。」理查說。他看著我。「能算我嗎？」

「我在跟他說哈利，」我說，「那個珍珠的故事。」我們似乎越來越常倚賴故事。

「我從來沒喜歡過他。」理查說。他對奈德揮動一隻手。「窗戶開條縫好嗎？屋裡太熱了。」

「你已經知道那個故事了。」我對理查說，急於讓他加入，「你來告訴奈德關鍵部分。」

理查看著奈德。「她把珍珠吃了，」他說，「趁他沒注意時，她就拚命吃。」

「我不想讓她下次戴項鍊的時候還套得進去，」我說，「我想讓她知道發生過一些事。」

理查搖搖頭，不過是慈愛的：他的一個小小表示，彷彿我是他從未有過、一個天賦異稟卻愛搗亂的孩子。

「有一次，我跟桑德去度假，我在波多黎各學到一個把戲，」奈德說，「我們在那個傢伙的老闆住的豪宅裡，突然，這個人，這個老闆，聽到聲音，於是上樓來。而我衝進了衣帽間——」

「他在大學是踢足球的。」理查說。

我微笑著，不過我已經聽過這個故事。很久以前奈德在一次晚間聚會上講的，他當時喝醉了。那是他最喜歡的故事之一，因為他在故事裡顯得有點狂野，又有點狡猾，還因為有人得到應有的懲罰。他的故事跟我上大學時男孩子常向我坦白的那些事沒什麼大不同——關於約會和性的征服，中間省略一些部分，以照顧我脆弱的情感。

「於是我抓起掛在身後管它是什麼的衣服——抓下一堆衣服——等那人進房間時，我一把推開門跳上去，」奈德說，「我全身赤裸，跑過去，倒楣的時候到了：我直接撞到他身上，把他撞暈了，就像卡通片或之類的那樣。我知道他暈了，但我怕得無法思考，於是繼續跑。結果我抓到一件白色帶褶襯衫，還有一件——你們管日本人穿的那種外衣叫什麼來著？感謝上帝，遮掉我一半大腿。」

「這些就是他要感謝上帝的事。」理查對我說。

奈德站了起來，愈發激動。「整個像是卡通。院裡有隻狗開始追我，但那東西被鍊子拴著。牠衝到鍊子盡頭，只能在空中跳起來，齜著牙，可哪也去不了。於是我就站在那，離狗幾英寸的地方，穿上襯衫，把外衣繫在腰裡，然後溜達到大門口，拉開門閂，大概走了四分之一英里後，我到了某家酒店外面。我進去，到洗手間裡收拾了一下，那時才發現鼻子骨折了。」

雖然我以前聽過這個故事，但這是奈德第一次提到鼻子骨折。有幾秒鐘他好像沒了勁，彷彿厭倦這故事，不過接著他精神又來了，繼續開講。

「然後是我剩下的好運氣：我出來了，前檯傢伙是同性戀。我告訴他我遇到麻煩，請他打電話給與我一同入住酒店的男友，因為我連打付費電話的硬幣都沒有。他就查了我們那家酒店的電話，撥了號碼，把電話遞給我。他們替我接通桑德，他睡得正香，不過立刻跳起來尖叫道：『又和漂亮男孩在城裡過夜啦？酒吧突然關門，奈德發現錢包忘在酒店？你以為就因為你和某個勾搭上的傢伙沒錢付帳我就會過來接你？』」

奈德睜大雙眼，先轉向我，又轉向理查，對著整間屋子表演。「他發火的時候，我就有時間思考。我說：『等等，桑德。你是說他們什麼也沒拿到？你是說我把錢包忘在酒店了？』」奈德窩在椅子裡。「你相信嗎？我真的把該死的錢包忘在我們房間，於是我要做的就是跟桑德撒謊，說我被搶劫了——那些狗娘養的逼我脫掉衣服，拿著我的褲子跑了。然後我告訴他，酒店小子給了我一件和服穿。」他打了個響指。「這就是那種衣服的名稱：和服。」

「他沒問為什麼是和服嗎？」理查疲倦地說。他用手摩挲著鬍渣。他的雙腳伸向一側，擱在沙發上。

「當然問了。我告訴他因為酒店裡有個日式餐廳，如果你願意穿著和服席地而坐，他們是允許的。酒店門房覺得他們不會看不到和服。」

「他相信你？」理查問。

「桑德？他是在洛杉磯長大的，後來一直在紐約。他知道不得不相信一切。他開車帶我回到酒店，說那些搶了我的人渣一點錢都沒拿到實在是太好了。太陽出來了，我們一路開著那輛租來的車，他握住我的手，」奈德把拇指扣在一起，「桑德和我又和好如初。」

沉默之中，房間似乎在我們周圍收縮。桑德死於一九八五年。

「我開始覺得冷了，」理查說，「寒意襲來，好像有人在用冰擦我的脊椎骨。」

我站起來坐到他身旁，一手摟著他，一手按摩他的背。

「又是那個該死的孩子，」理查說，「如果那是他們的第一個孩子，我敢打賭他們再也不會生第二個了。」

奈德和我交換了一下眼色。除了散熱器斷斷續續放出的蒸氣傳來的嘶嘶聲，唯一的聲音就是冰箱的嗡鳴。

「你的爪子怎麼了，萊可？」理查問我。

我看了看我的手，我正用拇指按著他肩膀下方的肌肉。在我記憶中，這是第一次睡前忘了抹潤膚乳液和戴手套。我還反射地做著我多年前就訓練自己不去做的事。我的保險合約上寫明我不能這樣使用我的手：不能用刀切東西，不能洗碗，不能鋪床，不能替家具上光。但是我一直用拇指按摩理查的背，來回摩擦。甚至在奈德把沉重的毯子蓋在理查顫抖的肩膀後，我還一直按摩他嶙峋的脊椎骨，似乎是要為他注入一些力量來抵抗他那無望的困境。

「因為哭就討厭嬰兒確實很荒唐，」理查說，「可我真的很討厭那個嬰兒。」

奈德把毯子蓋在理查大腿上，又裹住他的雙腿。他坐在地上，用一隻手臂摟住理查裹著毯子的小腿。「理查，」他輕聲說，「沒有嬰兒，我們如你所願一個樓層一個樓層地查過了。你血壓開始下降時耳朵裡的聲音讓你聽起來像是嬰兒在哭。」

「好吧，」理查說，顫抖得更厲害了，「沒有嬰兒。謝謝你們告訴我。你們發過誓，永遠跟我講真話。」

奈德抬起頭。「講真話？從一個剛講了波多黎各故事的人嘴裡嗎？」

「也可能你聽到的是水管裡的聲音，理查，」我說，「有時散熱器也會發出噪音。」

理查使勁點點頭，表示同意。但是他沒聽清楚我說的話。奈德和我發現，將死之人會出現這樣的狀況：他們的思維總是飛速超過剛說的話，可是疼痛來得更快，如蛙跳般躍向前方。

兩天後，理查高燒住院，陷入昏迷，再也沒有醒來。他哥哥當天晚上飛到波士頓來陪他。他的教子傑瑞也來了，到得很及時，正好趕上跟我們一起搭計程車。試驗治療方案沒有奏效。當然，我們還是無從知曉——我們永遠也不會知道——理查有沒有吃到那種我們後來稱之為「真貨」的多音節詞的藥，他是不是藥物對照組的一員。我們也不知道來自哈特福的牧師有沒有吃到「真貨」，雖然我們之間有傳言說他紅通通的臉是好跡象。還有那個年輕的獸醫怎麼了？每次我們在輸液室碰到他，他總有樂觀的話說。像克拉克．肯特一樣，襯衫下面有個祕密的「S」，那個獸醫穿一件胸前印照片的T恤，快照上，他抱著他的邊境牧羊犬，是在狗領到藍色緞帶那天拍的。他告訴我，他每週五都穿這件，以求好運；他在腫瘤科打點滴，這有時讓他有力氣可在晚上跟朋友去餐廳吃飯。

奈德和我被又一個不眠之夜搞得筋疲力盡。因為理查的哥哥和教子在醫院，我們便以此為藉口離開醫院去喝杯咖啡。可是我覺得有點頭暈，於是去了洗手間，叫奈德在大廳等我。我用冷水拍臉也許能振作精神。

洗手間裡有兩個十來歲的女孩。我從她們的談話中了解到，這是一對姊妹，剛去探望母親。母親在走廊那頭的腫瘤科病房。她們的男友要來接她們，空氣裡有種興奮意味。一個女孩把頭髮梳成蓬蓬的辮子，另一個脫下破洞的絲襪，扔掉，然後把齊膝裙往上捲，攏弄成一條小迷你裙。「走吧，麥爾。」麥爾的姊妹站在鏡子前說，儘管她還從容地擺弄她的頭髮。麥爾伸手從化妝包裡拿出一個小盒子，打開，拿小刷子在長方形的色塊上飛快地擦抹。然後，我驚訝地看到，她用小刷子在膝蓋上轉圈輕抹，讓它們顯得紅潤。我洗臉和擦臉時，一團噴髮膠氣霧緩緩飄降。鏡子前的女孩用手搧著，把髮膠瓶放進包裡，又取出一支唇膏打開，張開雙唇。麥爾在膝蓋上抹完最後一筆，直起身，撞到她姊妹的手臂，唇膏略微從她上唇歪斜而出。

「天啊！你這笨蛋！」女孩尖聲叫道，「看你把我弄的。」

「車裡見。」她的姊妹說，拿過口紅扔進她的化妝包。她把化妝包摺在包裡，幾乎是一蹦一跳著出去，還一邊說：「用肥皂和水擦擦就行了！」

「婊子。」我說，與其說是講給留下的那個女孩聽的，不如說是講給我自己聽的。

「我們媽媽快死了，她一點都不在意。」女孩說。淚水奪眶而出。

「我來幫你弄乾淨。」我說。我的頭比進來時還暈，像是在夢遊般。女孩面對我，睫毛膏在她的眼睛下方染了一片半月形的汙跡，她的鼻子通紅，嘴唇一端比另一端更尖細。她的眼神告訴我，我只是她碰巧在洗手間裡遇到的一個人。就像在紐約的那天我碰巧在房間裡，理查從洗手間出來，捲著一只袖子，皺著眉說：「你看我手臂上的紅疹是怎麼回事？」

「我沒事，」女孩擦拭眼睛說，「這不是你的問題。」

「我想說她其實是在意的。」我說，「人們在醫院裡會變得很緊張。我進來是要拿冷水潑潑臉，頭有點暈。」

「你覺得好點了嗎？」她問。

「好點了。」我說。

「要死的人不是我們。」她說。

那是一個游離於軀體之外的聲音，來自某個遙遠且令人費解的所在，它讓我如此心神不定，以至於我需要扶著她站一會兒——我這麼做了，額頭輕輕靠在她額頭上，手輕輕扣住她的手指，在離開前緊握了一下。

奈德去外面了，他靠在一根路燈柱上。他用燒得紅亮的菸頭指指右邊，默默地詢問我想不想去位於街區的咖啡館。我點頭，我們緩緩上路。

「我想我們不會再有很多機會這麼散步了，」他說，「醫生出來的時候沒講話。他樂觀的話都講完了。他還從我手裡奪走一根菸，用腳後跟碾碎，說我不該抽菸。我對醫生並不迷戀，不過那個醫生身上有些我喜歡的東西。很難想像我會對一個鞋子上有流蘇的人有感覺。」

天寒地凍。我們進了咖啡館，往常坐的吧檯邊的位子走去，門邊電暖器的熱風迎面撲來。只要不是醫院，就足以讓這個地方變得美妙，雖然它和醫院只隔了一個半街區。有些醫生和護士會來這，當然還有像我們這樣的人——病人的朋友和家屬。女侍者問我們是否都要咖啡，奈德點點頭。

「波士頓的冬天，」奈德說，「從來不知道還有比我長大的地方更冷的冬天，可是我覺得這裡更冷。」

「你在哪長大的？」

「內布拉斯加州卡尼市。就在八十號公路上，林肯市和懷俄明州界中間。」

「在內布拉斯加長大是什麼感覺？」

「我操男孩。」他說。

這要麼是他腦子裡蹦出的第一個念頭，要麼是他想逗我笑。

「你知道男同性戀詢問彼此的第一個問題吧，知道嗎？」他問。

我搖搖頭，準備聽笑話。

「既然病都已經得了，那麼『你做過檢查了嗎？』就放在第二位了，因而第一個問題仍然永遠是『你什麼時候知道的？』」

「好吧，」我說，「第二個問題。」

「不，」他直視著我說，「不可能發生在我身上。」

「正經點，」我說，「這不是個正經的回答。」

他把手蓋在我手上。「你以為我他媽的是怎麼離開內布拉斯加州卡尼市的？」他說，「是的，我得到橄欖球獎學金，但是我只能一路搭車去加州——除了懷俄明，我哪個州都沒去過——用一個洗衣袋裝上我所有的東西搭順風車。要是有個卡車司機把手放在我膝蓋上，你以為我不知道那是為搭車要付出的小小代價？因為我總是好運隨行。我一直都清楚這一點。就像運氣塑造了你那雙漂亮的手，好運一直跟著我，好運也跟著你。它跟我們不得不抓住的其他東西一樣好。」

他手從我手上抬起，是的，它就在那：完美的手，光滑的皮膚，纖細的手指，指甲經過一次法式美甲，被拋得弧度優美，富有光澤，熠熠生輝。有個指節上有塊小小汙斑。我舔舔另一隻手的中指，看能不能把它擦掉，那塊睫毛膏斑肯定是我在洗手間裡與那女孩十指相扣笨拙地相擁時，從她手上沾到我手上的。奈德和我坐著說話的這會兒工夫，我一直在看那個女孩。她也在這家咖啡館——我看著他們進來，兩姊妹和她們的男朋友——她的頭髮梳得很整齊，眼睛閃亮，妝容也很精緻。雖然她的姊妹企圖吸引大家的注意力，但兩個男孩都抓住她說的每一個字不放。

（一九九一年六月十日）

贊拉

近來，我有理由想想湯瑪斯．科貝爾——小湯瑪斯，親戚們總這麼叫他。小湯瑪斯唬弄家裡長輩好一陣子，因為他小時候那麼懂禮貌——簡直到了諂媚的地步——而且也因為他的父親老湯瑪斯一直是個真正的大好人。我們是城裡人，住在費城和華盛頓特區，小湯瑪斯父親的死加深了大家對鄉村生活的種種偏見。他其實死於肺炎併發症，肺炎是在醫院裡傳染的，在他躺在床上做骨折牽引治療時，他之前從一輛乾草車上摔下來，腿骨折，腳踝碎了，骨盆裂了，得重新拼接。傳說的版本是他摔下來以後立刻喪命，這總是被當作忠告，用來提醒家裡愛好滑雪、航海，甚至徒步旅行的後輩們要小心行事。為了方便講故事，老湯瑪斯的死常常和他很久以前就死亡的姪子彼特之死聯繫在一起，彼特是在布魯克林大橋上下車察看堵車的情況時被閃電擊中：砰！湯瑪斯滑下乾草車的時候，突然劃過一道閃電，而搬到紐約城的彼特，遭到雷擊一命嗚呼，閃電照亮的短短一瞬間，彷彿有人用閃光燈拍了一張照片。我猜很多人家都是這樣，有些事放在一起講有時是為了追求效果，有時則是為了掩蓋真相。我三十歲時才把兩樁死亡的時間順序搞對。這只是我們家族裡的人講故事的方式，並不是為了欺瞞小湯瑪斯。

小湯瑪斯是個鬼鬼祟祟的孩子。他毫無理由地偷偷摸摸到處兜轉，穿著襪子輕輕踏過房間，他母親和他妹妹莉莉有時轉個彎便發現他像雕像般地站在那裡。他母親總說小湯瑪斯沒有雷達，沒有避開人和東西的本能。他穿著襪子走來走去讓情況變得更糟糕，因為你要是受驚喊叫，他也會受驚，然後大哭起來，或是在驚恐下打翻桌上的東西。可是他在家裡不願穿鞋——他說，這樣就跟他母親扯平了，因為她讓他穿靴子去上學，哪怕並沒有下雨，只是潮濕——不論是請求或懲罰，都不能讓他改變自己的行為。他年紀大一點時，有時會故意嚇唬他妹妹，因為他喜歡看她嚇一跳，但他後來聲稱，多數嚇到他母親的事不是有心的。

小托馬斯的母親叫伊特·蘇，比我母親艾麗斯·道恩·羅斯大五歲，曾有個小男孩出生於她們姊妹倆之間，死於風濕熱。雖然伊特·蘇嫁了湯瑪斯·科貝爾，但她聲稱小湯瑪斯的名字不是依據父親，而是依據死去的兄弟托馬斯·懷亞特。小湯瑪斯的中間名是納旦尼爾。「她把這名字加上是因為她想算上每一個人，甚至那個送奶工。」老湯瑪斯之前曾這樣說過。顯然，送奶工是他們之間一個善意的玩笑：她真的是喜歡那名送奶工，他成了這家人的朋友。他會推開後門進來，取出所有奶瓶，接著把它們放進冰箱上層，再替自己倒杯茶，然後坐下來跟正好在廚房裡的任何一人聊天——比如老湯瑪斯、來做客的我母親、我。他就是送奶工納特。有一次我不在的時候，小湯瑪斯從掃帚櫥裡跳出來，嚇到送奶工納特，納特抓住他，將他轉個圈地抓住腳踝，讓他頭朝下，拎了好一會兒。這就是小湯瑪斯為什麼討厭他。

小湯瑪斯穿著長襪到處跑，不過他話很少，很少有人能逗他開口交談。他寡言而苦悶——家人最終放任他，他們拒絕承認他真的有問題。據說他苦惱是因為小時候就不得不戴眼鏡，或者是因為他爸爸太討人喜歡，讓當兒子的很難仿效。後來，問題歸咎於小湯瑪斯的氣喘病，最後家裡那條黃褐色的狗「南瓜小子」被送走了，因為他對狗過敏，小湯瑪斯對此很內疚。這些事我從小聽到大。這些原因像咒語一樣，又像在詮釋悲傷的不同階段——一步一步，從牴觸到接受。到他十幾歲的時候，已經不是他自己苦惱，而是他開始主動積極地讓別人苦惱了。鄰家花園裡的水龍頭在深夜被擰開，大片泥石流把花沖得一棵不剩；裝滿狗屎的棕色口袋在某個鄰居的門廊上被點燃，誰要是開門想去踩滅火苗，狗屎就會漫到他的腳踝。情況愈發惡劣，後來小湯瑪斯被送到一間特殊教育學校。

昨天我去我母親在亞歷山卓的新家看她。她對華盛頓城區的犯罪心懷恐懼，覺得應該搬家。她的看護和她一起來到了亞歷山卓。她名叫贊拉，是個善良的女人，就讀美利堅大學的護理學院，每週兩個晚上和暑期都有課。贊拉拿到護理專業學位以後，打算回到她的家鄉貝里斯[1]，在當地醫院工作。醫院還在興建中。工程一度中斷，因為建築師被指控盜用公款，後來又遭颶風襲擊，但是贊拉堅信醫院會蓋好，她也最終會從護校畢業，她不會永遠跟我母親在一起——不過這點沒有直說。我母親有肺氣腫和糖尿病，需要有人在旁。贊拉做飯、洗衣，還做各種沒人指望她做的事，白天總是忙個不停，晚上她用我母親的錄影機一遍又一遍地看詹姆士．龐德的電影。我母親跟她一起坐在電視房裡，重讀狄更斯的小說。她說詹姆士．龐德的電影為故事提供精采的背景聲音：我母親在讀匹克威克先生的故事時，卡莉．賽門[2]在《海底城》裡唱著〈沒人能做得更好〉。

不管怎樣，發生的事絕不是贊拉的錯，但是她依然因內疚而飽受折磨。我要講述的這件事發生後的好些天，贊拉依然非常不安。這件事是我去母親家的時候聽到的。

那個週一，我母親去西布利醫院做一整天的體檢。下午，有人敲門，贊拉從貓眼往外看，是小湯瑪斯。她這些年來見過他幾次，當然就讓他進屋了。他說他來還我母親在他安頓下來的時候借給他的碗碟。他也打算告別，因為他要從馬里蘭州蘭德歐弗合租的公寓裡搬出來，準備南下佛羅里達群島去開酒吧。後來他把話題引到跟贊拉借錢：五十美元，他一到西嶼開了銀行戶頭，取到支票後就把錢寄回來。她有三十多塊，除了晚上去西布利醫院乘坐公共汽車的費用外，她把所有錢都給了他。他想要一張紙，寫封告別短信給我母親，贊拉找了記事本給他。他坐在廚房餐桌前寫了起來。她根本沒想到在旁邊看著。她把碗碟拆封，放到洗碗機裡，然後就到電視房裡收拾。他寫個不停。在寫一封非常惡毒的信給我母親，告訴她，通過心理治療他才漸漸明白，家族一直延續有害的神話，根本沒有人選擇「誠實的」講述他父親的死，因為他父親其實是死於肺炎，而不是從馬車上摔下來。他告訴她，看著他父親在醫院裡慢慢耗盡生命有多麼可怕，他責怪她和伊特・蘇說起他父親的死時，總會扯到姪子彼特的最後時刻。「事實是，閃電比單純的肺炎更讓人震撼。」他寫道。他還認為他們應該多跟他講講他父親的成就。他沒有提到妹妹莉莉，他跟她後來很疏遠。他把信紙摺好，壓在鹽罐下，然後替自己調了一杯即溶可可，就離開了，還順手帶走喝可可的馬克杯。

贊拉非常不安。她認為他可能喝醉了，雖然沒有聞到酒氣。他在那裡的時候去了洗手間，於是贊拉到洗手間裡看看是否一切安好。一切安好，但她依然有種不安的感覺。直到那天晚上，她出門去醫院接我母親回家的時候才看到樓下走廊牆上黑色麥克筆的塗

1 貝里斯（Belize），中美洲北部的一個國家，舊稱英屬宏都拉斯。

2 卡莉・賽門（Carly Simon，1945-），美國七〇年代流行歌手，集唱歌、創作於一身，龐德電影《海底城》演唱主題歌曲〈沒人能做得更好〉。

鴉：火柴棍小人，螺絲開瓶器式的髮型，像火星人的觸角，旁邊潦草地寫著「操你媽的炸了這個爛地方」。她嚇壞了，起初她想隱瞞小湯瑪斯的來訪——裝作這是個謎——但她知道這樣不對，她必須將實情全盤托出。

我聽到時，贊拉和我母親都一致認為他可能喝醉了——或者更糟，吸毒——而且他是懦夫，假裝要跟我母親對峙，真正做的卻只是寫了封短信。他也沒有勇氣面對自己的母親，告訴還住在二十街的她他要搬走了。贊拉對那三十美元保持沉默，不過第二天早上她也說了。他送回來的碗碟中還有幾個奇怪的鑲金邊盤子，不是我母親給的，她和贊拉都不知道該怎麼處理。兩個人都不大理智，害怕有人會來索要盤子。不過她們似乎明白，小湯瑪斯走了，如果這輩子還能聽到他的消息，也要到很久以後。總體來說，贊拉還是怕他，她說他會像入室行竊的賊一樣到處轉悠。這讓我母親和我一頓大笑，因為他從小到大都是這麼鬼鬼祟祟的。我開玩笑說，還好他放過我母親浴室的牆，但也夠糟了，她們還得打電話給管理處道歉，安排人來重新粉刷走廊。

贊拉看《金手指》的時候，母親把我帶到她的臥室，吐露了一個她從未說出的重大祕密。原來，她一直都害怕小托馬斯會做出非常惡劣的事，因為他小時候就做過很壞的事。我母親當時非常憤怒，但是從來沒有責備過他，因為她為自己發怒而難為情，也因為她覺得小湯瑪斯的魔鬼給他的折磨已經夠多了。

她問我還記不記得那些人物剪影。我的確有些模糊的記憶，經她提醒後我才憶起，它們從前用一條緞帶掛在伊特・蘇的客廳裡。我記得後來它們是掛在我母親臥室，在床上方的燈下面，繫著同一條緞帶。此外還有一幅莉莉嬰兒時期的剪影和一幅「南瓜小子」的剪影，分別裝了框。緞帶上三個裝框的人物剪影是老湯瑪斯、伊特・蘇，還有一位男人，伊特・蘇告訴我母親，那是做剪影的那個人。對於這個有些喜感的事實，伊特・蘇的解釋是，那個刻剪影的人本來要把自畫像扔掉——他可能是像祕書練習打字那樣練練手——她從垃圾筒裡又搶了回來。小湯瑪斯在剪影畫裝框前就毀掉了自己的像，雖然伊特・蘇總想再做一幅，可小湯瑪斯就是不願意再安靜地坐定一回。我母親搖了搖頭。她說她猜剪影師做自畫像有點像亞佛烈德・希區考克在自己的電影裡露臉，不過這不算是個好比方，因為伊特・蘇掛起來的是畫像，不是那個男人本人。

伊特・蘇在老湯瑪斯死後，被迫搬出自己的房子，住進了二十街的公寓，她不得不扔掉很多東西。我母親能夠理解扔掉家具，可是拋棄那麼多私人物品在她看來是個錯誤。繫著緞帶的剪影畫框被扔進垃圾筒時，我母親把它們撿了回來，說先替伊特・蘇收著，等她感覺好點了再說。伊特・蘇給了她一個最奇怪的眼神。我母親覺得這眼神先是震驚，然後是哀傷。這麼多年來，我母親一直把這些剪影畫掛在她的臥室裡。伊特・蘇從不提起，雖然她後來的確把老湯瑪斯剃鬍用的馬克杯要了回來，還有一個相框，照片是她和丈夫第一個結婚紀念日在一家中餐館拍的。

但是我母親說的故事的關鍵在這裡：老湯瑪斯死後幾個月的一個週末，她照顧小湯瑪斯和莉莉，小湯瑪斯去浴室了，我們其他人都在後院，他把那些人物剪影畫從畫框裡拿出來，把鼻子剪掉。然後又把剪影插回畫框，重新掛好。過了好幾天，我母親才注意到——每個人的鼻子都被剪掉了，外加「南瓜小子」，耳朵沒了。

她當下就匆匆趕到小湯瑪斯的學校，等他放學。他平時都走路回家，不過那天在跟我母親當面對峙前，他哪都沒去。據她自己所說，她狠狠地捏他的鼻尖，問他要是自己沒有了鼻子會怎麼想。然後她拽他的耳朵，問他是不是想要餘生都聽不到聲音。她蹲下來，讓他直視自己的眼睛，告訴她為什麼那麼做。她說，真是奇怪，都沒人注意到她在那吵嚷而過來瞧瞧。她把他拽來拽去，搖他的肩膀，小湯瑪斯大口喘著氣，卻一直都沒哭。

他告訴她，他那麼做是因為畫框裡的臉是小小的黑幽靈，在那裡糾纏人們。他將它們毀容是因為它們是擁有特殊力量的幽靈怪物，能藏匿在人的身體裡。如果他除掉這些黑幽靈，把它們剪掉一點，它們就會變成白幽靈，就沒有特殊力量了。

我母親恐懼不已，人都站不穩了。他給出了一個相當具體、極其令人不安的答案，她不知道該怎麼回應，因為他如果真的相信那些，他就瘋了，那會成為家族裡發生的第一起真正的精神失常。她百分之九十肯定他說的是真話，但她也覺得他還是有可能在捉弄她。她在那待了好一會兒，兩腿發軟，緊盯著他的臉，尋找更多的資訊。

「你以為我會在乎我沒有鼻子？」他說，「我才不在乎沒有鼻子，或嘴，或眼睛。我情願精子從來沒進入卵子。我不會在乎沒有我這個人，你也不會。」

我母親記得她對他具備性知識驚異不已——他知道「精子」和「卵子」這樣的詞。她不記得接著跟他說了什麼，但一定是關於她理解他因為父親去世、消失了而煩惱，但他千萬不能誤以為父親不愛他。

小湯瑪斯掙脫了她。「你這個愚蠢的傻瓜。」他說。她清楚地記得那句話：「你這個愚蠢的傻瓜。」

我母親現在突然提醒我，小湯瑪斯的父親死後，有人追求過伊特·蘇一陣子，後來卻不了了之了。她說，現在回想起來，她覺得很可能是（「好吧，不許笑。」）送奶工。因為，想一想，還會因為什麼——除非是不好意思——伊特·蘇拒絕讓家族裡的任何人知道她在跟誰約會？還有，送奶工納特是個業餘畫家，說不定也會刻剪影。

「這些都別跟贊拉說。」我母親說。這句話她最近這些年說得越來越頻繁，都是事後補充的——或者可能是她故事的結束語，不一定是補充說明。

我吻了她的臉頰，捏了捏她的手，用閒著的那手關上她的床頭燈。傍晚時分，天已經黑了。現在是秋天，是老湯瑪斯從堆得高高的乾草堆上滑下來的季節——和他姪子彼特被雷擊的情形比起來，簡直猶如慢鏡頭。

那是過去的事了。我想像著未來：塗鴉小人已經從樓下的走廊裡消失了，被油漆滾刷刷白。然後我想到貝里斯的醫院，無論怎樣，那把油漆滾刷都能像彗星一樣遊走，將新醫院走廊裡終於大費周折安上的石膏板刷白。贊拉會站在那裡，漿洗過的白色護士服襯著她黑色的皮膚。轉眼間，我母親也會死去，相當出人意料的——從她鋪著白色被單的床上沒入黑暗，而贊拉會在一個忙碌的日子停頓片刻，記起我們：一個體面的美國家庭。

（一九九二年十月十九日）

世上的女人

晚餐會很美味。黛爾用食品料理機把韭蔥和婆羅門參打成泥，準備加在南瓜裡——一勺子的味美思酒也會增添一點風味。當嫩粉色的晚霞抹上田野上灰藍色的天空時，她把一張唱片丟進唱片機，淡淡聽著盧·里德[1]淡淡唱著：「我只是給這世上女人的一件禮物。」

現在，她丈夫尼爾森應該在從洛根回來的路上，帶著他繼父傑若米，還有傑若米的女朋友布蘭達——在一番該坐飛機、火車，還是開車的爭執盤算後——從紐約搭乘大巴士來赴一年一度（是不是連續三年就可以稱為一年一度？）的感恩節前晚餐。他們本可以在感恩節當天過來，不過傑若米的前妻迪迪（尼爾森的母親）那天要來，他們倆感情並沒有消逝。反正布蘭達不喜歡大型聚會。布蘭達比傑若米年輕得多。她過去總是半個

1 盧·里德（Lou Reed，1942-2013），原地下絲絨樂隊（Velvet Underground）的主唱兼吉他手，後被尊為地下音樂教父。他的歌多為反映社會現實、內心自省的作品。

下午都在午睡——傑若米說，因為她害羞——但是近來她的職業變得光鮮刺激，她辭去中學體育教師的工作，開始當私人教練。她一下子變得善於溝通，精力充沛，光彩照人——如果這不算是形容戀愛中的女人的陳詞濫調的話。

黛爾打開食品料理機，原料漸漸液化，她鬆了口氣。不是說食品料理機時常運轉不力——只要她把刀片正確的裝在底部——她只是害怕它不運轉。她總是想像這種情景，她得用勺子挖出所有東西，再倒進那台古老的瓦氏高速搗碎器，那台搗碎器是他們在緬因州租賃的這所房子裡的，有時會出問題。搗碎器現在如此便宜，她奇怪自己怎麼不直接買台新的。

尼爾森永遠感激傑若米，為他在自己五歲時出現，一直待到他十六歲。傑若米向尼爾森保證，他不必去格羅頓中學[2]上學，還教他每一種為人所知的體育運動——至少是所有常見的體育運動。不過，尼爾森本來會想學，比如射箭嗎？

尼爾森什麼都想學，雖然他不想從事一切。他樂得辭掉教職，只想做一點點事。不過他喜歡了解各種事情，這樣就有了談資。黛爾替他起了一個惡毒的外號，叫「沒有第一手知識的尼爾森」。這種情形有時變得乏味：人們記下尼爾森從中獲得深奧知識的書名；人們在聚會結束後打電話來，說他們在孩子的《大英百科全書》裡找到尼爾森的某些奇特斷言，然後發現他基本上正確，但不是完全正確。他們常常在電話留言機上吹毛求疵，提出反對意見：「我是迪克。聽我說，關於墨丘利[3]你說得不完全對。因為荷姆斯在希臘語裡的意思是『調解人』，所以由他帶領死者的靈魂去冥府是有些邏輯性的。」「尼爾森嗎？我是寶琳。聽我說，魯西迪是替葛倫．巴斯特那本書寫了序言。我下次可以把書拿來給你看。他真的一直都在作序。好，為這個美妙的夜晚謝謝你倆。我姊妹很感謝黛爾抄了那份菜譜給她——不過我告訴她，沒人能把蝴蝶骨羊排做得像黛爾做的這麼好吃。那就這樣吧，好，再見。再次感謝。」

如果飛機準點降落，傑若米和布蘭達還有二三十分鐘就到了，但要是你對洛根這地方有所了解，就永遠不會這樣假設。不過，只要不泡澡，黛爾還是可以飛快地沖個澡。她也許還應該換上一條裙子，即使外面套上毛衣，在有客人時穿運動衫褲也顯得有點健忘，也許應該在毛衣裡戴個胸罩。穿燈芯絨褲子，換掉超級舒服的運動裝。還有鞋……必須穿雙什麼鞋。

尼爾森用手機打來電話。「還需要買什麼嗎？」他問。她能聽到收音機裡泰瑞．

2 格羅頓中學（Groton School），一八八四年成立於麻塞諸塞州，是一所歷史悠久、傳統深厚的寄宿高中。

3 墨丘利（Mercury），羅馬神話中眾神的信使，司商業、手工技藝、智巧、辯才、旅行以及欺詐和盜竊，相當於希臘神話中的荷姆斯（Hermes）。

格羅斯[4]柔和有致而理性的嗓音。只有尼爾森和泰瑞，還有她的嘉賓在車裡說話：乘客們很安靜，以防萬一黛爾忘了什麼重要的原料要跟尼爾森講。對，粉紅胡椒粒。在北街九十五號找找看。當然，那並不是真的胡椒粒，叫胡椒粒只是因為看起來像黑胡椒粒。或者：紫色牛至葉粉，和綠色牛至葉粉完全是兩種味道。

「什麼也不用。」她說。她換上黑色燈芯絨褲，白襯衫。她會時刻注意白襯衫是否乾淨，這樣就有辦法跟眾人保持一些距離。她也很害羞，儘管她穿了太妹款的黑靴。

「布蘭達想看看那家婚禮蛋糕之屋。我想開車過去繞一下，會打亂你的時間安排嗎？」

「我什麼也沒做。」黛爾說。

那邊一片沉默。她這樣不好，要他手忙腳亂地想其他出路。

「開玩笑的。」她說。

他們剛搬到這裡不久她就去逛了婚禮蛋糕之屋。在肯納邦克波特，一棟黃白相間的建築，哥德式的尖塔像挺立的陰莖，傳說是某船長為他的新娘所建，在他出海時提醒她記得新婚之夜。

「我們四點左右回來。」另一個人在跟泰瑞・格羅斯談話，聲音低沉親切。

「一會兒見。」尼爾森說。「寶貝？」他說。

「再見。」黛爾說。她從電話旁的酒架上取下兩瓶紅酒。酒架離暖氣片有點太近，所以最上面四層沒放酒。夏天的時候不成問題，冬天就有些不便。她記得布蘭達喜歡她上次倒的一瓶白蘇維翁[5]，因而這次又買了一瓶給她。傑若米當然會想喝聖愛美儂[6]，因為他在巴黎待過。尼爾森近來愛抿一點尊美醇[7]。不過她還是冰鎮了幾瓶白葡萄酒，因為他的心思很難揣測。最上層的架子上有一瓶「作品一號」[8]，是她以前教攝影課時一個心存感激的學生送的。兩天後，她打算請診斷出她有低血糖和梅尼爾氏症的醫生喝這瓶酒，諷刺的是，她患病後就不能再喝酒了。要是還喝，頭暈的風險就會加大，這令人恐懼的頭暈已經困擾她多年，也一直被誤診。頭暈發作後，她總是渾身出汗顫抖，虛弱得第二天不得不臥床休息。「就像嗑了迷幻藥，被一陣浪潮捲走了。」當時她對那位耳鼻喉科醫生說。那個女人驚訝地看了她一眼，像是在摘草莓時卻突然出現西瓜般。「很

4 泰瑞．格羅斯（Terry Gross，1951-），全美公共廣播電台（NPR）當家主持，她主持的知名訪談節目為《新鮮空氣》（*Fresh Air*），邀請各界嘉賓來訪談。

5 白蘇維翁（Fumé Blanc），後文提到的羅伯．蒙岱維創造的酒名，用以代指以白蘇維翁葡萄釀製的白葡萄酒。

6 聖愛美儂（Saint-Emilion），法國著名葡萄酒產區，擁有超過一千兩百個酒莊，其中有著名的白馬酒莊（Château Chevel Blanc）和奧松酒莊（Château Ausone）。

7 尊美醇（Jameson），聞名世界的愛爾蘭威士忌品牌。

8 作品一號（Opus One），由後文提及的羅伯．蒙岱維和寶龍．菲利普．羅思柴爾德男爵合資創立的酒莊，同名的葡萄酒從此作為美國第一種超高級葡萄酒而聲名遠揚。

生動的描述，」醫生說，「我丈夫是作家。他有時也會用同樣的方式讓我突然傻眼。」

「他是布賴恩．麥克坎伯利嗎？」黛爾問。

「是的。」醫生說。她又一次露出驚訝的神情。

是尼爾森猜出安娜．麥克坎伯利可能是布賴恩．麥克坎伯利的妻子。黛爾自己僅讀過幾頁麥克坎伯利的書，但是尼爾森——她也是這麼跟醫生說的——讀了很多。

「我會轉達你們的讚美，」醫生說，「現在回到真實世界吧。」

用這樣的方式來宣布轉移話題真奇怪，黛爾心想，雖然有些時候，對她而言，她的症狀才是真實的世界，將其他想法都排擠在外。有什麼比望遠鏡中的視野更真實呢？景物模糊，充滿你的視野，於是沒有景深，讓人無法忍受。醫生跟她說飲食需要哪些變化。處方上的利尿劑。說了那麼多，又說得太快，黛爾不得不在那天下午稍晚打電話給護士，確認其中幾個問題。醫生無意間聽到電話。「帶你先生一起到我家喝一杯，他們聊天時我再告訴你一遍，」醫生說，「『喝一杯』對你而言意味著蘇打水。」

「謝謝。」黛爾說。從沒有醫生提過下班後跟她見面。

她打開那瓶白蘇維翁，但是沒開聖愛美儂。誰知道呢？也許傑若米決定直接喝法國勃艮第白葡萄酒。以前不覺得小題大作和矯揉造作的事，現在有那麼一點了：人們飲酒的偏好。她還是願意遷就那些素食者的忌口，絕不會給每個人都上小牛肉，除非她確定不會引發激烈的長篇演講。她的朋友安迪喜歡無氣泡蒸餾水，她的攝影課學生南斯則喜歡沛綠雅。黛爾的腦子裡滿是人們的這些偏好和怪癖，他們神祕的信仰和食物禁忌，這是他們在餐桌旁展示自己獨立性和依賴性的方式。那些小小的考驗：會碰巧是海鹽嗎？有什麼辦法讓胡椒研磨器磨出稍粗的顆粒？需要印度酸辣醬。這樣東西真的超過她的極限。桌上有石牆牌廚房烤洋蔥大蒜醬。那次她派尼爾森去買酸辣醬，因為保羅更算是他的朋友，而不是她的。

她走到樓下浴室，梳頭，紮成馬尾。她脫下白襯衫，又換上喀什米爾毛衣，拉了一下，弄弄服貼，她知道不該拉。她看看自己的靴子，希望現在還是夏天，赤腳會更舒服，但這不是夏天，腳會凍壞。她記得茱莉亞．羅勃茲跟賴爾．拉維特結婚的時候赤著腳。茱莉亞．羅勃茲和賴爾．拉維特：不如麥可．傑克森和麗莎．瑪麗．普里斯萊那麼奇怪。

布蘭達先進屋，甩著她那頭過早變白的濃密長髮。她為婚禮蛋糕之屋激動不已。奇妙，美麗，又有點詭異——有點陰森，一個住在她婚禮蛋糕裡的女人就像那個住在鞋子裡的老太婆。[9]，然後布蘭達開始道歉：她堅持要他們走一條史上最長的泥路，去買一籃

9　源於一首著名的英語兒歌，最流行的版本是：「有個老太婆住在一隻鞋子裡；她的孩子太多，她束手無策；她給了他們些羅宋湯卻沒配麵包；然後狠狠抽了他們一頓把他們弄上了床。」

蘋果。尼爾森把籃子放在中島上——黛爾很快需要占用上面每一英寸空間為晚餐做最後準備。她不能再吃蘋果或任何過甜的東西。她厭煩了跟人解釋她哪些不能吃，以及原因。事實上，她開始說她有糖尿病，因為大家似乎都明白那意味著不能吃糖。蘋果也有可能是布蘭達和傑若米買了要帶回紐約的。於是她說「好」，沒說「謝謝」。

房子真正的主人顯然熱愛烹飪。廚房布局合理，只可惜洗碗機在水槽左邊。黛爾已經能熟練地用左手把碗碟放進洗碗機，她覺得既是糖尿病又是左撇子或許很滑稽。等她離開這房子的時候，她也許會變成一個完全不同的人。

「見到你真好。你收到我的便條嗎？沒有太麻煩吧，嗯？」傑若米說著捏了捏黛爾，然後鬆開手。

布蘭達仍舊緊張。「我們沒給你添亂吧，沒有吧？」她問。

「完全沒有。」黛爾說。

「我本不該問，可是我在飛機裡關了半天，然後又坐車。還有時間散步嗎？只是快速地散個小步？」

「當然可以。」黛爾說。她剛把烤肉放進烤箱。時間充裕。

「你介意尼爾森和我看一下線路問題嗎？自然光下我看得更清楚。」傑若米說。

「噢，他又開始嚷嚷他如何看不見，聽不見了！」布蘭達說。她又加了一句，好像他們不知道似的：「他六十四了。」

「什麼線路問題？」黛爾問。她想赤腳。她想當茱莉亞・羅勃茲，有大大、令人目眩的微笑。可是她感覺到眉宇之間的皮膚繃緊。線路問題？布蘭達說話的方式感染了她；有她在場，她開始用斜體字[10]思考。

「我想把樓上走道的音箱裝好。我能搞定其中一個，但另一個弄不好。也許是壞音箱。」尼爾森說。

尼爾森花了很多預支稿費買新音響。他跟黛爾的君子協定是：有訪客來就不放音樂。到現在為止，這一天放過的音樂有藍草音樂[11]、狄倫的第一張電音專輯、日本儀式音樂、一個小時左右的《波西米亞人》[12]，還有阿斯托爾・皮亞佐拉[13]。黛爾聽了天氣預報，還有盧・里德唱片裡的一首歌，她把它想像成傑若米的主題曲。她喜歡傑若米，可是他真的認為他是上帝送給女人的禮物。

「你跟我一起去散步吧，好嗎？」布蘭達說。她不像布蘭達，布蘭達腳上的鞋不適

10 斜體字是英文寫作中用來強調的字體，中文中則多用黑體。
11 美國鄉村音樂一個分支，多以絃樂器配樂。
12 《波希米亞人》（La Boheme），普契尼歌劇。
13 阿斯托爾・皮亞佐拉（Astor Piazzolla，1912-1992），阿根廷作曲家。一生致力於探戈音樂創作。

合散步：棕色尖頭靴，三英寸高的鞋跟——今年的時尚裝扮，黛爾的鞋就顯得很平常。布蘭達把自己緊緊裹在一條黑色皮短裙裡，穿著圖案過多的褲襪。她上半身是件高領毛衣，黛爾覺得一定是傑若米的衣服。他二十多年來一直保留著這些法國手工毛衣。

「就沿著路走嗎？」黛爾問，指指那條經過車庫後面塌掉的溫室的泥路。她喜歡那條路。晚上這個時候通常能看到鹿。還有，路面下行的坡度讓人覺得可以徑直走進天空。天空現在是一片哈德遜河畫派[14]式的光彩。黛爾的朋友珍妮特．勒博是那條路盡頭唯一的常年住客。那些討厭的避暑客帶著他們的杜賓犬和閃亮的四輪驅動車離開後，珍妮特不僅願意讓黛爾在「私宅莫入／危險／禁止進入／不得靠近」的路上散步，還常常把她的狗泰倫（牠害怕那些避暑的狗）帶出來，讓牠跟黛爾一起鍛鍊。珍妮特離婚了，從五十歲轉化成二十五歲，癡迷於通俗小報、晚場電影、星座占卜，還有「好玩的」臨時紋身圖案，比如躍向彩虹的獨角獸。她不是愚蠢的女人，只是很孩子氣，有點過於活潑，她前夫的言語虐待造成她很大的心理創傷。珍妮特提到她前夫的名字時會發抖，她極少談論她的婚姻。泰倫是隻聰明的黃金獵犬與黑色拉布拉多混種。牠不是在約克河支流裡游泳，就是在田野裡扭來扭去，想抖掉身上的蝨子。狗和廚房，黛爾確信這是他們搬走以後她會最想念的兩樣東西。他們會住到明年夏天，到那時，那位哲學教授和他妻子就從慕尼黑回來；到那時，尼爾森的書也該寫完了。黛爾知道她不會喜歡最後那階段。尼爾森也寫過別的書，因為任務繁重，每次他都不可避免地變得陰鬱古怪，音樂的選擇也會變得非常不拘一格。

黛爾伸手從胡熱爾櫃[15]的麵粉櫃裡拿出她私藏的甜甜圈，是在週六的樸茨茅斯農夫市集上買的。她不吃甜甜圈，這是專為泰倫準備的，牠覺得黛爾發明了可想像到的最好的接球遊戲。牠會奔向甜甜圈，在田間四處嗅，再把甜甜圈拋向空中，讓黛爾看見牠已找到，然後一口吞下去。她也習慣了為牠鼓掌。最近，她除了鼓掌，還加上一句「好樣的，泰倫」。

「是香菸嗎？」布蘭達低聲問黛爾，雖然這時尼爾森和傑若米已經上樓了。

「是甜甜圈，」黛爾低聲回答，「你會明白的。」她把剩下的甜甜圈連同塑膠袋，一把塞進她大衣的深口袋裡。

「我在我的內衣抽屜裡藏著 M&M 花生豆巧克力，」布蘭達說，「而傑若米——你看，他以為我不知道他還在喝保樂利茴香酒。」

---

14 哈德遜河畫派（Hudson River School），十九世紀中期美國的風景畫派，其審美角度受浪漫主義影響。畫派得名於作品中經常描繪的哈德遜河谷及周邊地區。

15 胡熱爾櫃（Hoosier cabinet），是二十世紀頭十年中流行的碗櫃式樣，名字來源於位於印第安那州的胡熱爾製造公司。

「是給一隻狗的。」黛爾說。

「保樂利茴香酒？」布蘭達問。

「不，甜甜圈。」

「什麼意思？」

「走吧，」黛爾說，「你會明白的。」

晚餐桌上——黛爾能感覺到布蘭達對她的尊重，無論是身為廚師還是一個怪女人（她把三個甜甜圈同時拋到空中，就像七月四日煙火表演的壓軸時刻）——他們討論著黛爾放在餐桌中央秋葉上的黃銅日晷。尼爾森告訴大家，那個伸出來的部分叫作指時針。

「指時針是一座孤島[16]。」傑若米說。傑若米很喜歡文字遊戲和方言模仿。這陣子，加勒比海各島方言成了他的最愛。他和布蘭達最近去了蒙特哥灣[17]度假。

「這是投影，」尼爾森指著日晷說，不去理會傑若米傻乎乎的笑話，「這是錶盤，這是小時線，這是刻度盤，或稱為刻度表。」

「你真是天生的老師。」布蘭達說。

「我已經擺脫那習慣了。」尼爾森說。當學校裡理論家的數量超過他稱為「心智正常的藝術史學家」時，他辭職了。他擔心前同事們會鄙視他關於羅馬古幣的作品，因而總喜歡強調自己不是錢幣學家。黛爾跟他一起離開學校，只剩下兩個忠心的學生，每週開幾個小時的車來跟她一起在暗房裡工作。

「不管去不去格羅頓，尼爾森都對知識有那麼強烈的興趣，所以我們對他毫不擔心。我對她死纏爛打，終於說服她，我那麼做是對的。」傑若米說。傑若米把尼爾森從格羅頓中學的魔爪中解救出來——他倆都這麼想，但凡說到這，傑若米絕不會不願意再次接受感謝。

「我為此感謝你。」尼爾森說。

「還有，要是你出生的時候我就在，我會阻止她幫你取一個船長的名字。」傑若米說。

「噢，尼爾森這名字挺可愛的。」布蘭達說。

「當然，要是你出生的時候我在，人們就該懷疑出了什麼怪事。」傑若米說。

「我以為你是在尼爾森五六歲時於巴黎遇見迪迪的。」布蘭達說。

「他四歲。我們結婚時他五歲。」

16 「指時針」原詞為 gnomon，音同 No mon，在帶牙買加口音的英語中，man 的發音同 mon。這裡傑若米聯想到 No man is an island（英國玄學派詩人約翰．多恩的名句「沒有人是一座孤島」），玩了文字遊戲。

17 蒙特哥灣（Montego Bay），位於牙買加，是一處旅遊勝地。

迪迪那時去巴黎學習繪畫。事實上，她是去跟她的神智學老師談戀愛。那段感情的收場不太妙，不過迪迪在雙偶咖啡館遇到傑若米。可不是蝸牛般的磨蹭，據她自己說，她是以蛇的速度進攻的。

「我不懂你剛才說『如果我在』是什麼意思。」布蘭達說。

「我只是說如果，如果事情不是那樣。和本來的情況不一樣。如果。」

「但是我想你是在暗示迪迪生孩子的時候你就認識她，是嗎？」布蘭達說。

「布蘭達，所有這些事情發生時，你還是個孩子。你沒必要吃醋。」傑若米說。

「我知道我應該住嘴，傑若米，可是你提到你可能在，這聽起來有點奇怪，」布蘭達說，「是我又望文生義了？」

「是的。」尼爾森說。

「哦，不，我是說，有時我覺得話中有話，而我是新來的，我不甚明白。」

「我跟你生活六年了，布蘭達。」傑若米說。他的語氣斬釘截鐵，好像布蘭達如果想再跟他生活六秒，就最好結束這話題。

布蘭達什麼也沒說。黛爾用手勢把大家的注意力轉移到日晷旁邊的湯鍋上。桌上還有一個盛著新剪香蔥的銀碗和一個中式小碟，內部有琺瑯釉，是黛爾在一個打折貨攤上花兩毛五買的。這地方的人對於沒有充氣、如皮球大的東西，都不當好東西賣。那個中式小碟是件古董，碟子裡的無糖生奶油堆得像一座小金字塔。

「真好喝，湯好喝極了，」傑若米說，「那你準備什麼時候讓我資助你開餐館？」

他想讓黛爾在紐約開家餐館有很多年了。傑若米家財萬貫，是他在父母去世後繼承的，父母還留給他半個羅德島州的土地。他是兼職股票經紀人，所以能明智投資。黛爾後來在波士頓紐伯里街一家畫廊展出了她的攝影作品，在那以前，想要讓傑若米打消念頭更難。

「攝影最近怎樣？」他又問。她沒有回答，布蘭達還在喝湯，沒有抬頭。

「我現在在拍一些有意思的東西，」黛爾說，「路那頭的那個女人……」她指著黑漆漆的窗外。從橋到樸茨茅斯之間只有一星微光閃爍，遙遙可見。「有個女人常年住在那——用一個火爐燒柴取暖——我拍了些照片……嗯，談論自己拍的東西聽起來總是很傻。就像解釋一本書。」她說，希望能引發尼爾森的同情。

「就說個大意吧。」傑若米說。

「好，她幫人做占星圖，做得真的非常美。她的手美極了，像喬治亞·歐姬芙[18]。我拍了她在羊皮紙上畫記號時的手。手很能反映一個人，因為你無法改變你的手。」

18 喬治亞·歐姬芙（Georgia O'Keeffe，1887-1986），美國現代派女畫家，以描繪大自然，以及大朵花卉和獸骨等的半抽象畫聞名，多取材自新墨西哥州沙漠。

她說得越多，越覺得自己傻。

「你讓她幫你做占星圖了嗎？」傑若米問，聲音有些生硬，透出一絲不贊許。

「沒有。」黛爾說。

「我讓人做過一次，」布蘭達說，「我不知放在哪了。顯然非常少見，因為我所有月亮都在一個宮。」

傑若米看著她。「迪迪相信占星術，」他說，「她認為我們不合適，因為她是天秤，我是天蠍。這顯然給了她去跟一個警察偷情的藉口。」

「我不是迪迪。」布蘭達冷淡地說。很明顯，她決定不讓傑若米宰制。黛爾為此替她感到驕傲。

「你來切烤肉好嗎？」黛爾對尼爾森說，「我把蔬菜從烤箱裡拿出來。」

她對於把布蘭達和傑若米單獨留在餐桌旁稍覺不妥，但是尼爾森切肉確實比她切得好。她站起來收拾湯碗。

「那個戴耳罩的女人還來上你的課嗎？」黛爾拿起布蘭達的碗時說。她說得很不經意，好像之前的談話一直都很順暢。要是布蘭達願意，這會給她一個藉口起身離開，跟她去廚房。可是布蘭達沒有。她說：「是的。我開始有點喜歡她了，但是她擔心體溫會通過耳朵散失——實在讓人想不通。」

「所有人都在健身，」傑若米說，「要請布蘭達當教練的人多得讓她應付不來。體育館現在週四晚上開到十點。你們倆健身嗎？」

「樓下臥室裡有輛健身車。有時我邊看CNN邊騎單車。」尼爾森說。

傑若米又微微點頭。「你呢？」他問黛爾，「還做五十個仰臥起坐嗎？我得說，你看起來棒極了。」

「她不能，」尼爾森替她回答，「梅尼爾氏症。那種重複性的活動會讓她的內耳出問題。」

「哦，我忘了，」布蘭達說，「你感覺如何，黛爾？」

「還好。」她說。情況有所好轉，問題永遠不會消失，除非它自行消失。之前情況非常糟，因為低血糖使問題更複雜，現在已經基本控制住，但她不想談論這些。

「提醒我你什麼不能吃，」傑若米說，「倒不是說我們會嚇得不敢叫你來吃晚餐。最好在紐約找一家飯店回請你們。」

「你們不用回請，」黛爾說，「我喜歡下廚。」

「我不會被嚇到的。」布蘭達說。

「你不會的，」傑若米說，「我接受指正。」

「也許會是問題，假如你太擅長什麼事，別人甚至不敢為你做這件事，」布蘭達說，

「我有個同事，那女孩按摩的手藝世界第一，沒人會替她按摩，因為她最棒。有一天，我只是捏了捏她的肩膀，她幾乎暈倒了。」

「你也做按摩？」傑若米說。

「你說『也』是什麼意思？」布蘭達說，「這跟你不喜歡我週四工作到很晚有關是不是？我也該提醒你，你的主顧打電話來，不管什麼時間，你在電話裡講上一個小時都不算什麼。」

「不要吵架！」尼爾森說。

「我們沒吵架。」傑若米說。

「好吧，你剛才一直在向我挑釁。」布蘭達說。

「那我是無意的，我道歉。」傑若米說。

「哦，寶貝。」布蘭達說著起身把餐巾放在桌上。她繞過桌子去擁抱傑若米。

「她又喜歡我了。」傑若米說。

「我們都喜歡你，」尼爾森說，「我個人認為你拯救了我的人生。」

「太誇張了，」傑若米說，「我只不過不是傳統意義上那種冷漠的繼父。我能幫忙撫養你，這對我來說真的是額外的獎賞。」

「你要是再多教我一點電力知識就更好了。」尼爾森說。

「已經用繩針繫緊了，在我找到烙鐵把它焊起來前不會掉下來，」傑若米說，「不過說正經的，黛爾——他們對你這毛病的預後怎麼說？」

烤蔬菜傾瀉到碗中。黛爾把那個耐熱玻璃碗小心翼翼地放進水槽，又拉開抽屜，找分菜的勺子。「我沒事。」她說。

「有點麻煩，」尼爾森說，「她早上只吃核桃仁和乳酪棒。你覺得她氣色好？可要是她再減掉十五磅還會好嗎？」

「乳酪熱量很高。」黛爾說。除非大家的焦慮有所緩解，否則不談論這事是不可能了。她壓低聲音。「算了，尼爾森，」她說，「說這些沒意思。」

「乳酪？乳酪怎麼了？」傑若米說。

「寶貝，你這是在盤問她。」布蘭達說。

「對了——這是新鮮的蘋果醬，這是蔬菜——傑若米，我把它們放在你面前了——尼爾森來分烤肉。」黛爾說著回到座位上。椅子是丹麥現代風格，椅墊帶著幾何線條圖案。顯然，教授和他妻子也去丹麥休過學術長假。

「哦，你已經有蘋果了。我就知道你會有。」布蘭達說。

「她都不碰蘋果醬，純糖。」尼爾森說。

「尼爾森，」黛爾說，「請別再說了。」她問：「有誰要水嗎？」

「要是你不介意，我想來點馬貢路尼[19]，尼爾森告訴我你囤了一點。」傑若米說。

「當然沒問題。」黛爾說著站了起來。尼爾森端著大盤子繞過她身邊。

「她為她的醫生準備了一種叫『作品一號』的酒，她要來吃晚餐——何時？星期四？」尼爾森說，「我們本來應該過去喝一杯，但是黛爾一定要請人吃晚餐以示感謝。」

「哪一年的？」傑若米問。

「是一件禮物，」黛爾說，「一個跟進口酒商結了婚的學生送的，我猜這酒挺好。」

尼爾森端著盤子讓布蘭達自己夾菜。

「貯存的方法對嗎？」傑若米問，「那是很棒的酒。我們只能希望沒發生什麼狀況。」

黛爾看著他。表面上他挺關心她的健康，但事實上他對酒的興趣卻要大得多。她想，首先，傑若米表現得如此殷勤關切，實際上是在指明她的脆弱。可憐的黛爾，任何時候都可能倒地不起。這符合他對女人的定義。

尼爾森走到傑若米身邊，握著酒瓶說：「一九八五的。」

「你知道嗎，這的確是非常優雅的酒。讓我看看。」傑若米說。他把酒瓶摟在胸前，低頭看著酒，微笑著。「作為曾經拯救過你丈夫人生的人，我可以問問你對我開這瓶酒來配晚餐有什麼意見嗎？」他說。

「傑若米！」布蘭達說，「把它還給尼爾森。」

尼爾森看著黛爾，神情半是迷惑，半是乞求。只是一瓶葡萄酒而已。她沒有理由認為醫生或她丈夫是品酒的行家。還有一瓶聖愛美儂，但要是現在提會顯得小氣。「沒問題。」黛爾說。她把椅子往後推，起身從櫥櫃裡拿出他們自己的高腳杯，還有一個大碗，是和她的羽絨被與大量烹飪書一起帶來的。

黛爾替每個人擺好杯子。傑若米微笑著說：「我們只能希望。」

布蘭達看著黛爾，但是黛爾沒有跟她對視。她決心讓所有人看到自己並不在意。傑若米通常都是很有禮貌的。

「告訴我。」他邊說邊把酒瓶夾在兩腿之間，轉動著開瓶器，「你不會拒絕一小杯酒吧，黛爾？」

「我不能喝酒。」她說。

「那杯子是什麼？」他說。

「沛綠雅。」她說，吐字非常清晰。

傑若米專注地看著酒瓶，慢慢拔出木塞。他緩緩地拿起瓶子來聞了聞。然後他把白

19 馬貢路尼白酒（Macon-Lugny Les Charmes），法國勃艮第產區最重要的酒莊：路尼酒窖出產的一款白葡萄酒。

色亞麻餐巾裹在手指上，在瓶頂轉動手指，伸進瓶子裡。那一刻她才意識到，他這麼做是出於憤怒。她拿起叉子，戳了一塊茄子。

「你不講話了，黛爾，」他說，「沒事吧？」

「沒事。」她說，試圖顯得有些驚訝。

「只是覺得你話很少。」他追著不放。

布蘭達似乎要開口，卻什麼也沒說。黛爾聳了聳肩。「希望蔬菜的調料夠味，」她說，「我烤的時候沒加鹽。有誰要加點鹽嗎？」

當然，既然他們的注意力都在黛爾身上，她此時不管說什麼都顯得虛偽膚淺。

「感謝你為我準備了馬貢路尼。」傑若米繼續說，「大多數時候，白葡萄酒配烤豬肉很好。但是一瓶一九八五年的『作品一號』——那簡直棒極了。」傑若米聞著酒瓶。他吸得那麼用力，不如說是在吸鼻菸。然後他把酒瓶放在桌上，挨著日晷。「讓它呼吸一會兒。」他說。他把椅子斜過來，裝作跟黛爾很親密的樣子。

黛爾用手指撿起一塊胡蘿蔔，咬了一口。她什麼也沒說。

「我聽說，上個月你請迪迪跟你的一些朋友吃飯了。」傑若米說。他和迪迪彼此都不講話，那是誰告訴他的？顯然是尼爾森。為什麼？

「對。」黛爾說。

傑若米咬了一口肉、一口蔬菜。他去拿蘋果醬，用勺子盛了一些到盤子裡。他對食物沒做任何評價。

「我知道你替她拍了一張肖像。」他說。

布蘭達慢慢嚼著食物。她明白，黛爾也明白，傑若米在醞釀著什麼。事實上，黛爾不太喜歡迪迪——有部分原因是她們的共同點很少。此外，迪迪刻意放低姿態，顯得黛爾見多識廣，而她自己——一個周遊世界的人——只不過是個可憐的老太太。黛爾想過，替她拍照——且不管暫時的權力失衡——也許最終能讓她倆的地位相當。

傑若米說：「我有點好奇，想看看。」

「不行。」黛爾說。

「不行？為什麼不行？」傑若米說。

「你不喜歡你前妻，」她說，「沒有理由看她的照片。」

「聽她說的！」傑若米說，下巴朝尼爾森那邊揚了揚。

「傑若米——怎麼回事？」尼爾森平靜地說。

「怎麼回事？我要求看張照片有什麼問題？我好奇迪迪現在什麼樣子。我們結婚很多年，你記得的。」

「我不想看。」布蘭達說。

「你不必看。你要是不想喝這酒，也不必喝。」傑若米轉著酒瓶。商標在他眼前旋轉時，他抓起酒瓶倒酒。一絲細流注入酒杯。

「我不太明白，不想看你前妻的照片怎麼就意味著我不想喝酒。」布蘭達說。

「你喜歡白酒。不是嗎？」傑若米說。

「通常是。可是你把這酒說得非常好。」

「是很好，但還不是極品。」傑若米說著，吸了一口氣。他還一口都沒喝。他讓杯中的酒打著轉，再把杯子舉到唇邊緩緩後傾。「嗯……」他說。他點點頭說：「相當不錯，但還不算完美。」他切下一片烤肉。

尼爾森的目光一直在黛爾身上，她專注心神，不去看布蘭達。布蘭達對傑若米行為的反應比任何人都差。「我能跟你到廚房說句話嗎？」布蘭達對傑若米說。

「哦，就在這和我說好了。繼承迪迪的偉大傳統，她從不壓低音量，也不迴避任何當面對峙。」

「我不是迪迪，」布蘭達說，「我想知道，你這種舉動是不是因為你對我有份喜歡的工作感到惱火，因為那意味著我無法回應你每一個心血來潮的怪念頭，還是因為你非要對黛爾找碴。」

「算了吧，」尼爾森說，「算了。黛爾做了這麼好吃的飯。」

「別告訴我不該跟傑若米說什麼。」布蘭達說。

「我們再去散步吧，冷靜一下，」黛爾對布蘭達說，「也許他們想說說話。也許我們可以去呼吸一下新鮮空氣。」

「好。」布蘭達說，這讓黛爾很驚訝。她本以為布蘭達會拒絕，但這個提議似乎讓她鬆了口氣。她站起來，穿過廚房，走進掛著大衣的門廊。黑暗中，她把黛爾的夾克當成自己的穿上了。黛爾注意到，但既然她們尺碼相同，她什麼都沒說就穿上布蘭達的。到了外面，布蘭達把手伸進口袋摸到甜甜圈時，才意識到穿錯了。「哦，這件是你的。」她說著開始拉拉鍊。

「我們同一尺碼。你穿著吧。」黛爾說。布蘭達看看她，想要確定她是不是真心的，然後她手從拉鍊上移開。她們一邊走，布蘭達一邊開始為傑若米道歉。她說剛才在屋裡的時候，她只是在猜測。她也不明白他到底為什麼生氣，不過她猜他們心裡明白，他喜歡他們勝過自己的孩子——在迪迪和布蘭達之間，他有個女兒，還有一個兒子，兒子的媽是別人的老婆。「他在飛機上喝了幾杯啤酒。後來他們上樓去修線路的時候也拿了一瓶酒。也許他只是喝多了。」布蘭達說。

「沒關係的。」黛爾說。她指指樸茨茅斯的燈光。「我喜歡那燈光，」她說，「我喜歡傍晚多彩的天空，但是在晚上，那一點小小的燈光我也幾乎同樣喜歡。」

黛爾看看手錶，但看不清楚。「太晚了，不能再帶泰倫出來了。」她說。雖然看不清錶上的時間，她也知道很晚了。遠處，風吹柳條，沙沙作響。她們走到分割過的田野中小路轉彎變窄的地方。身為租客，黛爾和尼爾森有責任犁地，不叫灌木瘋長。能聽到遠處公路上傳來的汽車的白噪音。噪音，再加上簌簌的風聲，幾乎蓋過輪胎聲，一輛滅掉頭燈的黑色汽車幾乎撞在她們身上。布蘭達驚恐地跳了起來，抓住黛爾的手臂，她穿著高跟靴飛快地往草地裡走，結果失去平衡，摔倒在地，也把黛爾拖倒在地。「哦，該死，我的腳踝，」她說，「哦，不。」兩人趴在田裡，掙扎著站起來時，草上的白霜嘎吱作響，好像冬日的流沙。沒有頭燈的車？車幾乎從側面撞上她們，然後加速飛奔而去。它巨大的黑影迅疾移開，後退時碾到石子的聲音比前進時更大。

布蘭達腳踝扭傷。黛爾扶她起來，拍了拍布蘭達的後背——她自己夾克上的濕露，想要延遲布蘭達說她走不了路的那時刻來臨。「那個天殺的神經病，」黛爾說，「你能用點力踩踩看嗎？覺得怎麼樣？」

「很痛，不過我想沒有骨折。」布蘭達說。

黛爾望著遠方，布蘭達的手還搭在她的肩上。「該死，」布蘭達又說，「我最好脫掉高跟靴和裙子，穿著褲襪走回去。你知道嗎，要不是我心裡明白，我會說那是傑若米在瞄準目標殺人。」

殺人。她感到一陣比夜風更甚的寒意，她意識到那輛車一定是從珍妮特的房子那裡疾馳而來。她也意識到她們必須繼續前進——至少是她，必須繼續前進——去看看發生什麼事。

「不妙——」黛爾開口。

「我知道，」布蘭達說著哭了起來，「但最糟糕的是我懷孕了，我不敢告訴他，他最近太可惡了。他好像很討厭我。我覺得我腳踝骨折了他才高興呢。」

「不是，」黛爾說，她聽著布蘭達說話，卻又好像沒聽進去，「那邊的房子出事了。珍妮特的房子。」

布蘭達抓住黛爾的肩膀。「哦，天啊。」她說。

「你在這等著。」黛爾說。

「不！我跟你一起去。」布蘭達對她說。

「我有很壞的預感。」黛爾說。

「我們還不清楚，」布蘭達說，「也許是些年輕人——喝醉了，關上車燈玩遊戲。」她語氣無力，可見她自己都不相信自己的話。

慢慢地，黛爾扶著布蘭達前行，一手拿著布蘭達的靴子，另一隻手挽在布蘭達的腰間。兩個人走著，直到那小小的房子進入視野。「不怎麼像婚禮蛋糕。」布蘭達瞅著那座比小板房好不了多少的房子說。有一盞燈亮著，這是不明確的預兆：也許一切都好，也許無法言說。

半開半掩的前門是最壞的跡象。黛爾很吃驚自己居然有勇氣把門推開。房子裡，壁爐的木柴已經燃盡，一個靠墊丟在地板上，旁邊有個倒了的馬克杯，杯裡的東西灑了一地。屋內一片可怕而詭異的寂靜。黛爾發現自己被寂靜包圍，這是少有的情形。

「珍妮特？」黛爾說，「我是黛爾。珍妮特？」

她倒在廚房的地板上。黛爾擰開燈，她們看到她。珍妮特的呼吸很淺，一絲血跡凝結在她一端的嘴角。黛爾衝動地想把珍妮特摟在懷裡，但她知道自己不應該挪動她的頭。「珍妮特？一切都會好起來的。」她聽到自己呆板的聲音。她本想加強語氣，可是聲音卻顯得單調。她的耳朵開始堵了——這是眩暈即將來襲的警告。可是為什麼？她沒有喝酒，也沒有吃糖。梅尼爾氏症發作時，驚恐會被壓制。「你必須學會吸取積極思考的力量，」她聽到醫生對她說，「我知道這聽起來很可笑，但的確管用。我不相信神祕主義。這更像是一種生物回饋。你要對自己說：『這事不會發生在我身上。』」

房間在顫抖，牆面的震顫似乎來自於大地的震動。黛爾默默重複著那些話。她看到珍妮特的前胸一起一伏。看上去呼吸並不困難，但剛才來這的人企圖用一根繩子勒死她。從臉色看，她顯然缺氧，長長的手指捏成拳頭。血從她手臂上的一個傷口滲出。繩子另一頭掛著一個安卡十字架[20]。地上丟了本《象徵符號辭典》，旁邊是一張血染的星圖。星圖旁邊，是黛爾幫珍妮特的手所拍攝的照片，被人從牆上撕下。照片上，珍妮特的手裡拿著那把畫符號用的小小梨木畫刷，照片被撕開，畫刷斷成兩半。突然，黛爾想起該做什麼了，她走到牆掛電話旁，撥了九一一。「和諧小巷盡頭有人昏迷。」她說，很難分辨她講話有多大聲，或多小聲。和諧小巷——那是她剛才說的嗎？那是個什麼荒誕的地方？是某個荒誕的華特．迪士尼開發專案中某條虛構的街道嗎？不是——他們可沒有去那。他們在緬因州租了一棟房子，那是他們的所在。她瞇起眼看著廚房窗外那顆閃爍的星星，像一枚明亮的飛鏢對準她的眼睛。但它並不是星星。是樸茨茅斯的燈光。

接到黛爾電話的女人叫黛爾保持冷靜。她堅持讓她待在原地，好像當事人是黛爾——不是珍妮特，而是站在珍妮特廚房裡的黛爾。有那麼一秒，九一一女人的聲音和醫生說話的聲音混在一起：這不會發生在我身上。

警笛的尖嘯聲響起。聽起來那麼遙遠，遠極了，但是很清晰：這是預示麻煩的背景音樂。黛爾嚇了一跳，她甚至沒有掛斷電話，而是手拿電話站在那裡，以為掛斷了。她兩天前見過珍妮特。還是三天前？她們說起南瓜。珍妮特感謝黛爾在農夫市集幫她買南

20 安卡十字架（ankh），一個頂端飾圓環的 T 字形記號，古埃及人用以象徵生命。

瓜。「我是她的鄰居，黛爾。」她自認為在回答電話那頭的女人以微弱音量詢問的問題。那個女人為什麼不問珍妮特的事？「我們看到一輛汽車。」她聽到自己在說，可是她的嘴離話筒太遠，九一一的接線員聽不清楚。

就是在那一刻，泰倫從雙人沙發下衝了出來，飛快撲上，越過黛爾，撲倒了布蘭達。她可能意識到那只是一條狗，過了很久才發出恐懼的尖叫。泰倫跟她們一樣害怕，布蘭達的尖叫把所有事情弄得更糟了。

「哦，天啊，對不起。」布蘭達說，向抖抖索索的狗道歉。牠的後腿顫抖得如此讓人憐惜，黛爾看不出牠怎麼還能挺直身子。「哦，天啊，來。」布蘭達說著，挪近一點點，手顫抖著從夾克口袋裡摸出一個甜甜圈，她伸手把甜甜圈遞給狗，狗沒有走上前，只是渾身顫抖地站著，靠在黛爾腿上。沒有人看珍妮特一眼。風吹得草叢沙沙作響，但警笛聲更大聲了。黛爾看到布蘭達歪著頭轉過身，就好像她能看到警笛聲似的。布蘭達又回過頭，把甜甜圈拋給狗，偏了足有一英里。

「沒事了。」黛爾說著伸出一條腿，從狗身上跨了過去，用靴子尖把甜甜圈朝狗這邊一點一點地推過來。那是糖霜甜甜圈，在木地板上留下一道白色痕跡。珍妮特的手邊有一道血跡——不，是一攤，不是一道。黛爾沒往那個方向看，她非常害怕珍妮特會停止呼吸。

黛爾看著房間另一頭的布蘭達。布蘭達垂頭喪氣，正要扔出另一個甜甜圈。黛爾看著她把球慢慢拋出來，重複著黛爾的話：「沒事了。」然後她上前一步，對黛爾說：「叫牠原諒我吧。叫牠重新喜歡我。」

黛爾撫摸著泰倫的頭。泰倫成了她的狗。布蘭達和傑若米的孩子，她想，將會成為布蘭達的孩子。傑若米所有的女人都想要孩子，而他深深厭惡每一個孩子：他在法國跟已婚女人生了一個兒子，她丈夫以為那孩子是自己的；還有第二段婚姻要解體時生下的女兒。尼爾森是唯一一個他自己想要的孩子。好吧——如果你已經有了你認為完美的孩子，也許這理由成立。尼爾森對知識充滿好奇心，聰明，聽話，喜歡自己的繼父勝過母親，是個忠誠的孩子。

尼爾森和傑若米此刻一定在餐桌旁，準備結束晚餐。尼爾森替傑若米找了台階下，傑若米的消極對抗漸漸平息，變得和藹可親——好像兩個女人一消失，所有問題也自動消失。沒有她們，尼爾森和傑若米可以開始享用沙拉，喝完整瓶「作品一號」。尼爾森可能會把迪迪的照片拿出來，她的臉皺紋深布，刻進那些她忍受傑若米酗酒的時光，還有她做的其他糟糕的決定，當然也有在聖特羅佩度假的時光，她在那裡享受了太多陽光。

太多陽光。太多兒子[21]。傑若米會喜歡玩這個文字遊戲。

傑若米已經告訴尼爾森，他認真考慮跟布蘭達分居。不過現在他講述的故事和寶龍·菲力浦·德·羅思柴爾德男爵有關。男爵是個聰明的生意人，更重要的是，他很有遠見，他意識到如果跟加州的葡萄種植釀造者羅伯·蒙岱維聯手，將會獲益良多。蒙岱維被邀請到男爵家，兩個人享用佳餚，品嘗美酒。那是一個社交之夜，不談生意。直到第二天早晨，男爵——這時蒙岱維已經對他真心敬仰，因為他的品味、優雅的風度和舉止——把蒙岱維召到床邊，就像童話裡的人物一樣，他們討論有無可能聯手，以及利潤五五分成。蒙岱維提出只做一種酒，類似於絕妙的波爾多葡萄酒。他這是在試探嗎？男爵同意了。他也會說出同樣的話嗎？酒將在加州釀造，男爵的釀酒師會去探訪。蒙岱維備感榮幸，激動不已。他的名字將和寶龍·菲力浦·德·羅思柴爾德男爵連在一起！男爵也沉浸在勝利的喜悅中，他意識到擁抱自己未來的對手將會使兩人都獲利。除了儀式性地品嘗一瓶百年木桐，然後是一瓶冰涼的伊甘[22]，什麼也沒留下：一樁完美的交易，一頓完美的大餐——甚至還押韻[23]，傑若米指出。最後設計了一個出色的商標，這是完美的收筆。

房子裡的談話事關完美。在一個完美的世界裡，所有酒都將是完美的。婚姻也是。所有的書都是絕妙的（舉杯慶祝）。還有無比美妙的音樂，人們熱中聆聽（再次舉杯）。在那個不屬於黛爾，也不屬於布蘭達的童話世界裡，沒有哪個女人會受重傷，倒在自己的廚房地板上。

布蘭達穿過房間，站在黛爾身旁。「甜甜圈。」她低下頭輕輕地說，把甜甜圈從那道糖霜軌跡的盡頭撿起來，好像從黑暗中摘下一顆流星。

這次，泰倫表現出興趣。黛爾又撿起另外兩個。那狗確實感興趣。黛爾和布蘭達仔細檢查，沒看到甜甜圈上有灰塵。

「為什麼不？」黛爾說，替布蘭達講出心裡的想法。她們可以假裝是雞尾酒會上的客人，吃著可口的小食。

然而警笛聲劃破了靜夜。

那預示著某人有了麻煩，尼爾森明白。又一個麻煩，傑若米也這麼想。聲音蓋過唱機裡的巴爾托克[24]。警笛聲尖利而持久：可以說是像女人尖叫般令人厭煩的聲音——如果還可以用這來比喻，不過當然，現在不行了。

---

21 又是傑若米喜歡的諧音雙關，「太多陽光」（too much sun）和「太多兒子」（too much son）中，「陽光」和「兒子」的英文單詞發音相同。

22 木桐（Château Mouton）和伊甘（Château d' Yquem）都是與拉菲（Château Lafite）齊名的世界頂級葡萄酒莊。

23 「交易」和「大餐」對應的英語單詞 deal 和 meal 押韻。

24 巴爾托克（Béla Bartók，1881-1945），匈牙利作曲家，作品從匈牙利民間音樂中汲取養料，是二十世紀最偉大的作曲家之一。

聲音越來越大，他們不得不關注起來。

一個男人在前，另一個在後，走出房門。那扇門，也在風中敞開。

一輛警車，又一輛警車，一輛救護車，一輛消防車──警力開足，出動開道。

去哪裡？這幾個字像是心跳聲：去哪裡，去哪裡。

沿著遠離法國的一個國家的一條泥路。

沿著一棟出租屋對面的窄路。

一桌飯菜扔在那，兩人當中有人還記得吹滅蠟燭。

（二〇〇〇年十一月二十日）

洛杉磯最後的古怪一日

凱勒反覆琢磨感恩節是否要去劍橋看他女兒琳。如果他十一月去，就見不到姪子姪女，他們只在十二月回東部過聖誕。也許他們本來可以放下工作，兩個假期都回來，但是他們從來沒有。他女兒搬進自己的公寓後，全家都在她那裡過感恩節，到現在已有六年；耶誕節大餐去凱勒的姊姊家，在阿靈頓。他女兒的公寓在波特廣場附近。她以前跟雷．瑟魯托一起住，後來她認為找汽車機修工實屬屈就。一個好人，一個勤快的工人，一個紳士——接下去，她很自然選擇了一些凱勒幾乎無法與之相處的男人，一任接一任地過著一夫一妻的生活。噢，可是他們擁有白領的職業和白領的渴望：比如現在的男友，她最近跟他飛到英國，整整三天，就為了看多佛白崖[1]。即使那裡有藍鶇鳥，也沒人提

1 〈There'll be Bluebirds Over〉The White Cliffs of Dover，〈（藍鶇鳥將飛過）多佛白崖〉，第二次世界大戰時廣為流傳的一首經典老歌，演唱者是英國當時的著名女伶薇拉．琳恩，這首歌的背景是英國和德國的飛機在不列顛之戰中戰於多佛白崖。歌曲表達對和平的憧憬，但爭議之處在於，藍鶇鳥並非英國土生品種，沒有人會在多佛一帶看到藍鶇鳥的身影。

起過。

多年前，凱勒的妻子蘇·安妮搬回維吉尼亞州的羅阿諾克，她在那裡租了一間「婆婆公寓」，女房東是她大學同學，那時她和凱勒還在戀愛。蘇·安妮開玩笑說，自己已經變成某種理想的婆婆了，料理園藝，在朋友出門的時候幫他們照顧寵物。她很高興重新做回園丁。在和凱勒一起生活的近二十年間，他們位於波士頓郊區的小房子被樹蔭遮蔽，除了春季的鱗莖植物，幾乎什麼也長不了，即使是那些鱗莖植物也得種在花壇裡，因為土地肥力太弱。最終，松鼠發現了花壇。蘇·安妮的崩潰一定跟松鼠有關。

那麼，打電話給女兒，或是做點更重要的事，打電話給鄰居——「快樂旅遊」旅行社的西格麗德，跟她道歉。他們最近在本地一家中餐館吃了一頓平靜的晚餐，卻被一場大雷雨打斷，雨勢猛烈，簡直是在宣告卻爾登·希斯頓[2]的出場，這讓凱勒想到他的窗戶沒關。他也許不該拒絕把飯菜打包，但是當他想到讓她到家裡來吃晚餐——他家一片狼藉——或者去她那裡，就得看她兒子那張臭臉，似乎還是狼吞虎嚥地吃完飯比較省事。

吃過那頓倒楣的晚餐之後幾天，他買了六張彩票送她，希望某個號碼能中獎，給她兒子弄來一輛自行車，不過顯然都沒中獎，不然她會打電話來的。她兒子那輛昂貴的自行車被人用刀指著搶走了，是在一個他跟他媽媽許諾不會去的街區。

兩三個星期前，西格麗德和凱勒開車去波士頓美術館看展覽，後來去了一家咖啡館。

因為被一個推著輛裝甲車那麼大的嬰兒車的媽媽撞了一下，他笨手笨腳地把一杯茶潑在她身上。他把餐巾拿到女盥洗室門口，讓西格麗德擦，他竟然——有人可能會說相當仗義——還想到從自己襯衫口袋裡的多種維生素小盒中取出一顆每日必服的維生素 E，咬掉膠囊末端，叫她從他指尖上刮取那點黏稠物，塗在燙傷的地方。她堅持自己沒被燙到。後來他們在回車上去的路上起爭執，他說她不必裝得一切無恙，他喜歡實話實說的女人。「西格麗德，我讓你燙傷，那不可能沒事。」他對她說。

「這個嘛，我只是覺得沒有必要為了一個無心之過而責怪你，凱勒。」她回答。每個人都用他的姓氏稱呼他。他出生時的名字是約瑟夫．法蘭西斯，但無論是喬、約瑟夫、法蘭克還是法蘭西斯，都不合適。

「我太笨了，動作也慢，沒及時幫忙。」他說。

「你人很好，」她說，「如果我哭，或者失去理性，反而會讓你更高興嗎？你有一面總是時刻保持警惕，彷彿對方一定會失去理性。」

「你對我妻子的個性了解那麼一點。」他說。

西格麗德在蘇．安妮離家之前、之中和之後都住在他隔壁。「那每個人都是你妻子

2 卻爾登．希斯頓（Charlton Heston，1923-2008），美國電影、電視和戲劇演員。他常飾演英雄角色，如《十誡》中的摩西、《賓漢》中的賓漢，後者為他贏得一九六〇年奧斯卡最佳男主角的獎項。

嗎？」她說，「你是這麼想的嗎？」

「不，」他說，「我在道歉。我為我妻子做得也不夠多。很明顯，我的行動不夠快，或者不夠有效，或者——」

「你總是在尋求原諒！」她說，「我不會原諒或不原諒你。這樣如何？我對具體情況缺乏了解，但我想你也未必應該對事情的結果負全責。」

「對不起，」他說，「有人說我話太少，不給別人機會來了解我，而其他人——例如你和我女兒——又堅持認為我批判自己是為了吸引注意。」

「我沒說過這種話！別扭曲我的話。我說了，茶不小心灑在我背上，你與你妻子之間無疑非常複雜的關係，這兩者之間實在沒——」

「這對我來說實在太複雜了。」凱勒小聲說。

「別小聲說話。如果我們需要討論問題，至少讓我聽到你在說什麼。」

「我沒有小聲說話，」凱勒說，「那只是一個老人有氣無力的喘息。」

「你又說起年齡！我應該同情你的老齡！你到底有多老，既然你總是提到這？」

「你還太年輕，數不到那麼老，」他笑了，「你是個年輕迷人的成功女性，人們樂意看到你走進屋子。而他們抬頭看我，看到的卻是一個老人，就會移開目光。我走進旅行社，他們沒有一個不低頭縮進桌子下。你記得吧，那就是我們怎麼認識的，因為美國人通常不會拜訪自己的鄰居。只有你光彩照人地對我笑臉相迎，其他人都假裝我不在場。」

「聽著，你確定這是我們停車的地方嗎？」

「我什麼也不確定。這就是為什麼我讓你開車。」

「我開車是因為你的驗光師在我們離開前才剛給你滴了散瞳劑。」她說。

「但是我現在好了。至少，我通常並不完美的視力回來了。我能開回去，」他指著她的銀色阿瓦隆說，「對我來說這車太高貴了，真的，不過開車是我現在最不願做的事，我已經毀了你的一天。」

「為什麼這麼說？」她說，「因為你樂得認為一些小問題就能毀了我的一天嗎？你真是沒救了，凱勒。還有，別再小聲說那正是你妻子會說的話。她只是居住在行星地球上的另一人，除此之外，我對你妻子毫不關心。」

她從口袋裡掏出鑰匙圈，扔給他。

他很高興他接住了，因為她把鑰匙往空中拋得太高，但他確實接住了，他也確實記得在按鈕開鎖時先她一步，為她開車門。他從車後繞過去時，看到保險桿上貼著「善待動物組織」，她丈夫用來裝飾車子，後來他為了一個小他很多歲的佛教徒兼純素食主義動物權利活動人士離開她。

他至少是慢慢地走向瘋狂，先是訂閱《史密森尼》[3]雜誌，後來才訂一些刊登戴鐐銬的餓馬、動物被割除腳爪而露出驚恐眼神之照片的通訊——這些她覺得讓人送到家門口都難為情的材料。離開前的一年，他週末去一個動物援救社團工作。當她告訴他，他癡迷於關注動物的困境，甚至不惜以婚姻和兒子為代價時，他把一本他的出版物捲成筒，不停拿它拍打手心，激烈抗議，猶如在責罵一條壞狗。她記得他不知怎地把話題轉移到亞洲仍在非法進口象牙。

「你總想吵上一架。」她說。她最終再次開口的時候，凱特正迂迴輾轉地把車開出波士頓。「這樣跟你相處很難。」

「我知道很難。我很抱歉。」

「來我家吧，我們可以一起看《佩里．梅森》[4]的重播，」她說，「每晚十一點會播。」

「我熬不到那麼晚，」他說，「我是個老年人。」

凱勒在接女兒的電話——這麼多天，電話頭一次響起——耐心聽她描述她的情況，她那頤指氣使的人生。談話前，她明確表示，如果他要問她是否打算跟愛迪生．佩奇（叫愛迪生[5]！）分手，她就掛電話。另外，他也很清楚，她不想被問到她母親的事，儘管，沒錯，她們通過電話聯繫。她還不想聽到對她光鮮生活的任何批評，基於她最近跟揮霍成性的男友在英國度了三天假的事實，還有，是的，她打了流感疫苗。

「現在是十一月，可以問你打算投票給誰嗎？」

「不可以，」她說，「即使你選的是同一人，你也會找到方法來戲弄我。」

「要是我說『閉上眼睛，想像一頭象或一頭驢』[6]呢？」

「要是我閉上眼睛，我看到……我看到一個馬屁股，那就是你，」她說，「我能繼續了嗎？」

他嗤之以鼻。她有急智，是他女兒。這點遺傳他，而不是他妻子——她從不開玩笑，也理解不了玩笑。很久以前，他妻子找了一個完全沒有幽默感的心理醫生，他把凱勒叫去，要求他跟蘇．安妮說話要直截了當，不要拐彎抹角，也不要含沙射影，或者——天理難容——語帶幽默。「如果我急不可耐地想要講種族歧視的笑話怎麼辦？」他問。這

3 《史密森尼》雜誌（*Smithsonian*）是美國史密森尼學會的官方雜誌，刊登歷史、科學、藝術和自然領域的文章。史密森尼學會是由英國化學家、礦物學家詹姆斯．史密森（James Smithson）捐款創建的研究機構，於一八四六年在美國首都華盛頓建立。

4 《佩里．梅森》（*Perry Mason*），一九五七年九月到一九六六年五月間在哥倫比亞廣播公司熱播的法庭劇。

5 愛迪生（Addison），古英語人名，意為「亞當之子」，但同時也是一種疾病的名稱，愛迪生氏病即原發性腎上腺功能不足。

6 象和驢分別代表共和黨和民主黨。

想法當然很滑稽，他這輩子從沒講過種族歧視的笑話。可是心理醫生當然無法領會他的語氣。「你琢磨著有必要跟你妻子講種族歧視的笑話嗎？」他說著停下來，在他的便條簿上塗了幾筆。「除非作夢的時候想到。」凱勒面無表情地說。

「我以為你要繼續說下去，琳。」他說。「我說這話表示我的態度，而不是責備。」他趕快加上一句。

「凱勒，」她說（從她十來歲起就開始叫他凱勒了），「我需要知道你感恩節來不來。」

「就因為你會買一隻重了六七盎司的火雞？」

「其實我今年想用火腿，愛迪生喜歡火腿。只是個簡單的請求，凱勒：讓我知道你是否打算來，現在離感恩節還有三個星期。」

「接受了感恩節的社交邀請就得遭遇艾米・范德比[7]的日程表？」他說。

她深深地歎了口氣。「我想要你來，不管你信不信，不過洛杉磯的雙胞胎不來了，愛迪生的姊姊請我們去她家，所以我想，要是你不打算來，我今年也許就不下廚了。」

「哦，無論如何別為了我下廚。我會注意我的禮節，從今天算起的第五十一週打電話，然後我們商量明年的計畫，」他說，「超市裡賣的火雞餡餅對我就足夠好了。」

「然後第二天你就變成平常那位節省的自己，開始吃剩菜的包裝盒。」她說。

「馬不吃紙板。你想的是老鼠。」他說。

「我接受指正，」她說，重複著他常對她說的話，「不過讓我再問你一件事。愛迪生的姊姊住在新罕布夏的樸茨茅斯，她發出私人邀請，請你參加在她家舉行的晚宴。你願意到那過感恩節嗎？」

「她從沒見過我，怎麼可能發出私人邀請呢？」他問。

「別囉嗦，」他女兒說，「回答就行了。」

他考慮了一下。不是因為他會不會去，而是因為節日本身。修正主義者認為感恩節是紀念對美洲原住民（從前叫印第安人）的征服，還不至於像哥倫布日那節日那麼糟糕，但還是有點……

「我把你的沉默理解為你想要遠離塵囂。」她說。

「那個書名總被錯誤引用，」他說，「哈代的小說是《遠離塵囂》（*Farfrom the Madding Crowd*[8]），意思完全不同，『madding』是指『瘋狂的』。『瘋狂的』和『煩人的』

---

7 艾米·范德比（Amy Vanderbilt，1908-1974），美國社交禮儀權威，一九五二年出版了暢銷書《艾米·范德比禮儀大全》。

8 此處是指哈代這部小說的標題「Far from the Madding Crowd」（遠離塵囂）總被人說錯，將其中的「madding」一詞誤作「maddening」，琳在這邊也弄錯了，說成：maddening crowd。

這兩個詞彙意思差得很遠。想想看，比如拿你媽媽的個性和我相比。」

「你真是煩人得無可救藥。」琳說，「要不是知道你關心我，我才不會拿起電話聽你一次又一次地嘲諷。」

「我以為那是因為你同情我。」

他聽到掛斷的聲音，然後一片寂靜。他把電話放回電話座，那讓他想起另一個搖籃[9]——琳的搖籃——床頭板上有母牛跳過月亮的貼圖，欄杆上有藍色和粉色的珠子（做搖籃的廠商上了雙保險）。他還記得他轉動珠子，看著琳入睡。搖籃現在擱在樓下的走道，用來堆放供回收的廢紙和雜誌。這麼多年來，貼圖有些剝落，所以上一次看時，只有身子和兩條腿成功跳過笑容明媚的月亮。

他買了一個冷凍的火雞餡餅，還有，為了犒勞自己（琳說他一直吝惜給自己快樂，不對——一個人無法拒絕難以發現的東西），買了一個調頻效果極佳的新收音機——不過他耳力不濟，能聽得出來啥呀。吃感恩節晚餐的時候（離感恩節還有兩天，不過何必拘泥形式？——選擇荷美爾燉牛肉，或是微波冷凍蔬菜寬麵條[10]是感恩節當天的事），他心懷喜悅地聽著雷斯畢基[11]的《羅馬之松》（*Pini de Roma*）。他和蘇·安妮的蜜月旅行差點去了羅馬，但後來改去巴黎。他妻子剛讀完大學第二個學期，選了藝術史專業。

他們去了羅浮宮、國立網球場現代美術館，旅行最後一天他買了一幅她反覆讚歎的畫給她，威尼斯的小水彩畫，畫框十分華麗，大概這就是水粉畫價格昂貴的原因——是水粉畫，不是水彩，她總是這麼糾正他。他們倆都想要三個孩子，最好是一個兒子，接著再來一個兒子或女兒，萬一第二個還是兒子，他們當然一心期盼最後一胎生個女兒。他出神地回憶著他們在塞納河畔漫步，說著天真的閒話，認真討論著那些大多無法掌控的事：人生大事。

蘇．安妮只懷了一次孕，雖然他們（說實話是她）很不明確地考慮過收養，琳還是成了他們唯一的孩子。雖然沒有兄弟姊妹，但幸運的是她成長過程中有些親戚，因為凱勒的姊姊在琳出生後約一年便生了一對雙胞胎，那些日子兩家相距只有半小時車程，幾乎每個週末都碰面。現在蘇．安妮和他的姊姊卡洛琳（現在只叫卡羅）已經幾個月不說話，卡洛琳跟她的醫生丈夫住在阿靈頓（或者說分別住在阿靈頓——他被禁止探問兩人關係的實質），他們的雙胞胎，理查和麗塔，都是股票經紀人，一直沒結婚——聰明！

9 前文「電話座」的英語原詞是「cradle」，也有「搖籃」之意，所以凱勒由此聯想到「另一個搖籃」。

10 Dinty Moore 與 Lean Cuisine，為食品公司名稱。前者以生產午餐肉罐頭食品為主，後者則以冷凍微波食品為主。

11 雷斯畢基（Ottorino Respighi，1879-1936），義大利作曲家，主要作品有「羅馬三部曲」：《羅馬之松》、《羅馬之泉》、《羅馬節日》。

——在好萊塢山共住一棟房子，他跟他們相處時比跟他女兒還自在。好些年了，凱勒一直承諾要去看他們，前年夏天，理查終於跟他攤牌，寄來一張去洛杉磯的機票。理查和麗塔開著一輛寶馬敞篷車去洛杉磯國際機場接凱勒，帶他去壽司餐廳，餐廳裡雷射影像每隔一段時間打在牆上，明暗交替，好像一堆性欲勃發的象形文字應和著〈像埃及人一樣走路〉[12]，摩擦挑逗。第二天早上，雙胞胎帶他去了一個旨在嘲諷所有博物館的博物館，展品古怪，描述充滿戲謔調侃，不正經，他肯定，在那裡的大多數人都以為自己參觀的是真正的博物館。那天晚上，他們打開泳池的燈，給他一條泳褲（他怎麼會想到帶這東西？——他從沒把對洛杉磯這座散漫雜亂城市的造訪想像成海灘之旅）。星期天，他們在泳池邊享用午餐，吃新鮮的鳳梨和義大利燻火腿，喝義大利氣泡酒而不是礦泉水（在他看來，這是他們家裡除了品質絕佳的紅酒以外唯一的飲品了）。傍晚有個美麗的金髮女郎加入他們，據說以前是傑克．尼克遜的女朋友，或許依然還是。後來他跟麗塔和理查去參加一個電影放映會（一部趕盡殺絕的片子，他們都不想看，可是又礙於情面不得不去，因為攝影師是他們的老客戶）。星期一，他們為凱勒叫車，這樣他不至於因為在高速公路上找不到出口而迷路。司機把他送到餐廳和雙胞胎共進午餐，餐廳建在一個美麗且帶露台的花園邊上。吃完飯，司機在米高梅電影製片公司把他放下，參觀完後又是同一個司機來接——這個司機從好萊塢高中輟學，在寫劇本。

他們幫他買的往返票，間隔時間只是幾天，這樣也好，因為要是再待下去，他可能就永遠不會回家了。不過誰又會在乎他回不回家呢？他妻子不關心他住在哪，只要方向與她相反就行；他女兒也許會鬆一口氣，他終於搬去別處。他無緣無故地住在他住的這個地方——至少對他來說是無緣無故。他沒有朋友，除非把唐・金姆算上——唐每週一和週四跟他打手球。還有他的會計，拉爾夫・巴佐羅科。他猜巴佐羅科算朋友，只是每個春天打幾局高爾夫；每年四月十六日，他和巴佐羅科的其他主顧受邀出席一個自助餐會——還有巴佐羅科打電話祝他生日快樂，「巴佐羅科一家」（賀卡上總是這麼寫）聖誕節寄來一個巨大的盒子，裝著義大利杏仁脆餅和芭喜[13]巧克力……嗯，他不知道。他想也許這就是所謂的友情，有點為自己感到慚愧。他曾到醫院探望巴佐羅科的兒子，他踢足球時摔傷骨盆，切除脾臟。他在雨中開車送巴佐羅科哭泣的妻子回家，讓她可以沖個澡，換身衣服，然後又在雨中開車把仍在哭泣的她送回醫院。好吧，他有朋友。但是他們誰會在意他搬到洛杉磯呢？唐・金姆很容易就能找到新的合夥人（也許是個更年輕的人，更配得上當他的球友）；巴佐羅科可以通過神奇的現代科技繼續做他的會計。不

12 美國流行搖滾組合「手鐲合唱團」（The Bangles）的一首暢銷單曲。

13 芭喜（Baci），雀巢旗下著名的義大利糖果公司佩魯吉那公司生產的一款著名的果仁巧克力。

管怎樣，凱勒還是回到北海岸[14]。

不過，要等先過完洛杉磯這古怪的最後一天。他說——雖然本來沒這麼打算（琳認為他嘴裡冒出來的每個字都是預先考慮好的，這不對）——最後一天想在家裡消磨。為了不讓他們覺得過意不去，他甚至提出能否開一瓶梅洛[15]——當然，他們推薦什麼就是什麼——以及午餐時把他們的冰箱掃蕩一空。畢竟，冰箱裡有馬斯卡邦乳酪，而不是農家鮮乾酪，水果盒裡塞滿了有機李子，而不是皺巴巴的超市葡萄。理查對這個想法不太熱中，而麗塔卻說這當然沒有問題。這是凱勒的假期，她強調。他們那晚已在一家海灘餐廳訂位，若是他覺得休息足夠，想去外面吃，也可以；若是沒有，他們就取消訂位，由理查來做他那道著名的甜洋蔥醬汁醃雞胸。

凱勒醒來時，屋裡沒人。他煮了咖啡（在家的時候，他喝即溶咖啡），房門開著，他趁這時走出去溜達到露台。他環視山坡，欣賞泳池一側、種在墨西哥陶甕裡的馬纓丹。一本雜誌被雨淋——夜裡一定下雨了，他沒聽到，他當時聽著布拉姆斯，戴著耳機睡著了。他朝雜誌走過去——這本《時尚》在綠色瓷磚上瓦解腐爛，像高速公路上的垃圾一樣噁心——他吃驚得直往後退，那裡有隻小小的負鼠：一隻負鼠寶寶，長鼻子，蒼白纖細的身子，正用爪子拍水，徒勞無功地想從泳池邊上爬上來。他飛快地環顧左右找泳池撈網。前一天晚上它還斜靠在玻璃拉門邊，可是現在不見了。他趕緊走到房子的一頭，又跑到另一頭，始終警覺地意識到溺水的負鼠急需救援。他走進瀰漫著咖啡香的廚房，使勁拉開一扇又一扇門，想找罐子。他終於發現一個放清潔用具的桶子，飛快地把裡面的東西拿出來，然後衝回泳池，把桶子沉下去，可是沒撈到，還嚇著了那可憐的小東西，讓牠沉到池底，這更難處理了。他害怕地向後退縮，又意識到這種感受並非害怕，而是對自己的厭惡。內省並不是他最喜歡的模式，不過沒有關係：他又把桶放了下去，這一次他接受自己掉入水中的滑稽命運，把身子探得更遠。不過第二次他設法舀到負鼠——牠只有一丁點大，把牠從水裡撈出來。桶裡的水滿滿的，因為他浸得很深。他看到負鼠蜷在桶底，心裡很絕望，馬上明白牠已經死了。負鼠淹死了。他放下桶，蹲在桶邊的瓷磚地上，接著有了一個令人振奮的頓悟，他幾乎笑出聲來，意識到牠沒有死，牠只是在裝死[16]。但是如果他不把牠從水桶裡拿出來，牠就真的要死了。他跳起來，放倒水桶，水帶著負鼠流出來時，他往後站。水流光了，負鼠靜靜地躺著。一定是因為他在看著牠，他想，但他又再次想到那個可怕的念頭：牠可能真的死了。

他靜靜地站著。然後他打算回屋裡，離牠遠遠的。牠死了；牠沒死。時間流逝。終

14　指麻塞諸塞州的一個地區，泛指波士頓與新罕布夏州之間的沿海地區。
15　梅洛（Merlot），原產於法國波爾多的葡萄品種，釀造的酒以果香著稱。
16　英語中「裝死」為「play possum」，其中的「possum」一詞即意為「負鼠」。

於，他一動不動站著的時候，負鼠抽搐了一下，搖搖擺擺地走了起來——牠體內閃現的生機在凱勒心中產生共鳴——然後，事情結束了。他繼續站著，想到自己幾分鐘前還那麼厭惡自己。他隨即出去把桶子拿回來。他抓住桶柄的時候，淚水奪眶而出。管他呢！他沖洗水桶時在水槽邊哭了起來。

他用臂彎擦乾眼淚，把水桶徹徹底底清洗乾淨，久到沒有必要，然後用毛巾把水桶擦乾。他把「佳美」、「穩潔」、清潔劑，還有抹布和刷子放回桶裡，把水桶放回水槽下的原位，試圖回想這一天他本來計畫做什麼，他一下子又不知所措了。他腦海中跳出來的是傑克．尼克遜的女朋友，那個比基尼金髮女郎，披著一件牛仔襯衫。他心想……什麼？他要跟傑克．尼克遜的女朋友在一起嗎？一個連姓什麼都不知道的人？

但那的確是他的想法。不會去做，不過真的——那就是他在想的事，一直在想的事。

水流光了，瓷磚依然閃閃發亮。當然，負鼠沒了蹤影。無疑牠已經吸取了這重要的人生教訓。一張小小的紅木桌子上放著一台防水收音機，他打開收音機，調到古典音樂頻道，調好音量。然後他解開腰帶，拉開褲子拉鍊，脫下外褲和內褲，脫下襯衫。他拿著收音機走進泳池深水區那頭，把收音機放在池邊上，潛入水中。他在水下游了一會兒，然後把頭探出水面，這時他有種明確的感覺，什麼東西正在注視著他。他回頭看了看房子，又緩緩地環顧泳池周圍。把泳池和鄰家隔開的圍籬至少有十英尺高。泳池後面的露台上長滿了灌木叢、果樹和粉色、白色的鳶尾——凱勒要瘋了：他獨自在私家院落裡，沒有別人。他又潛入水中，清涼絲滑的水令他神清氣爽，他以蛙式游到另一端，浮上來換氣，用腳蹬池壁，仰面漂浮在水面上。他漂到泳池盡頭，爬上岸，用眼角餘光看到是誰在注視他。有頭鹿高高在上，從梯台上往下看。他們眼神交匯的那一瞬間，鹿就跑掉了，但在那一瞬間，他清清楚楚地意識到——在這出現無數啟示的一天——那頭鹿投來的是一種仁愛的目光，彷彿心懷感激。他感覺到了：一頭鹿認可了他，在向他表示感謝。他為自己古怪的思維方式感到目瞪口呆。一個成年人怎麼可能——一個沒有任何宗教信仰的成年人，一個曾經陪著小女兒去看《小鹿班比》的父親（現在看來彷彿是上輩子的事了），像每個父母一樣，在班比的媽媽被殺害的時候輕聲說：「這只是電影。」一個對世界有這種認識的人，他能記起來的最有意義的成就就是從游泳池裡撈出一隻動物——這樣的一個人怎麼能明白無誤地覺得，有頭鹿出現了，是來祝福他的？

但是他知道確實如此。

最終，這祝福並未真的改變他的生活，不過人又何必因為祝福本身而產生諸多期待呢？

深刻改變過他人生的事，是幾年前理查力勸他投機冒險，要相信他，因為他即將說出的那個詞將會改變他的人生。「塑膠？」他當時說。但是理查太年輕：他沒有看過那部電影。不，那個詞是「微軟」。凱勒那天心情複雜（一個月前他父親自殺了）。那段時間他是如此厭惡自己的工作，講話也不再半真半假，終於對蘇．安妮承認，他們的婚姻已經走進死巷，也承認他臆測當他幾乎傾其所有給姪子投資一家名字意味著「微小和脆弱」的公司，是在縱容自己自暴自棄的傾向，他妻子和女兒一直認為自暴自棄是他生命的核心。但是，結果證明，理查為他帶來福氣，現在這頭鹿也是。那個金髮女人沒有給他福氣，不過，很少有男人，真的很少，運氣能好到讓這樣一個女人為他們帶來福氣。

「你真有趣！」麗塔笑著說。她開車送他到洛杉磯國際機場。在路上，他脫下白色T恤舉到空中說：「我在此屈服於天使之城的瘋狂。」麗塔一向認為家族裡沒有人理解她叔叔，大家都防備他，因為他的博學對他們來說是種威脅，他們還任性地誤解他的幽默感。理查要工作到很晚，但他拜託他妹妹拿來（她差點忘了儀表板置物箱裡的好東西，跑回車上拿的）一罐白巧克力布朗尼讓他在飛機上吃。還有一封短信，凱勒後來讀到，是理查感謝他在他和麗塔小時候樹立了榜樣，不要盲目隨波逐流，以及在一個用理查的話說「從來都害怕自己影子」的家族裡，發出諷刺幽默的聲音。「快點回來，」理查寫道，「我們想你。」

回到家，電話上，他女兒用警告來迎接他：「我不想聽到我的表親們如何快樂成功，這在你看來就是『富有』的同義詞。別告訴我他們生活的細節，只要說你做了什麼。我要聽你說說這趟旅行，但又不想讓我自己在完美的表親面前顯得很無足輕重。」

「我可以完全不講他們的事，」他說，「我可以相當誠實地說，這次旅程中最重要的那個時刻，他們沒有陪在我身邊，那是我和一頭鹿眼神交會的瞬間，牠用一種難以形容的善意和理解看著我。」

琳嗤之以鼻。「我猜是在高速公路上？牠正準備當重拍的電影《越戰獵鹿人》的臨時演員？」

那一刻，他體會到她和他說話時常有的衝動——那種掛掉電話的衝動，因為電話那頭的人連你說的一個字也不願嘗試去理解。

「你感恩節過得怎樣？」西格麗德問。凱勒在旅行社裡，坐在她對面，準備為唐．金姆的繼女買一張去德國的機票，好讓她去跟不久於人世的朋友見最後一面。那女孩罹患肌萎縮性脊髓側索硬化症，已經病入膏肓。具體細節太可怕，不忍卒想。珍妮佛十七歲，跟她認識十一年，現在那女孩要死了。唐．金姆是月光族，沒等發工資錢就花完了，凱勒必須告訴他自己有筆錢，他稱之為「來自八〇年代股票市場的意外之財」，好讓他相信，他為珍妮佛買機票並不是負擔不起。他費了很大的勁說服他。他一再堅持，並發誓說他絕對沒有以為唐在暗示（確實如此）。唯一的擔心是珍妮佛怎麼應付這樣一趟旅程，不過他倆一致認為她是個成熟的女孩。

「很好。」凱勒說。事實上，那天他吃了罐頭燉菜，聽了阿爾比諾尼[17]（可能是某個被迫在感恩節前夜工作的鬱悶的ＤＪ幹的事）。他在壁爐生火，讀了一直沒時間讀的《經濟學人》。他覺得自己和西格麗德之間距離很遠。他盡量顯得不太敷衍客套地說：「你呢？」

「我其實……」她垂下眼簾，「你知道，布萊德在感恩節去我前夫那裡過了一週，聖誕節他跟我過。他現在是個大孩子，我不知道他為什麼不能強硬些，可是他做不到。要是我當時知道我現在知道的事，我絕不會放手讓他去，不管法庭給那個神經病什麼權利。你知道他感恩節前做了什麼嗎？我猜你肯定沒看報紙。他們招募布萊德去放生火雞。他們被抓了。他父親覺得布萊德受到傷害、被拘留都沒關係。最糟的是，布萊德嚇得要命，可是他不敢不去，然後他又假裝對我說，他覺得那主意棒極了，說我是個冷漠的——」她搜索著字眼，「說我是低等人類，因為我吃死去的動物。」

凱勒不知道該說什麼。近來事情都沒有滑稽到可以拿來調侃。一切都顯得怪異又傷感。西格麗德的前夫帶他們的兒子去放生火雞。你怎麼能拿這借題發揮？

「她可以飛英國航空，從波士頓出發到法蘭克福，在倫敦轉機，」西格麗德說，好像沒指望他回答，「七百五十元左右。」她又敲起鍵盤。「稅後七百八十九元，」她說，

「她將於東部標準時間下午六點起飛，早上到。」她的手指在鍵盤上停了下來，望著他。

「我能用一下你的電話嗎？我跟她確認一下日程。」他知道西格麗德好奇珍妮佛·金姆是誰。他稱她為「我的朋友，珍妮佛·金姆」。

「當然。」她說。她按下一個按鈕，把電話遞給他。他之前把金姆的號碼寫在一張小紙片上，放在襯衫口袋裡。他意識到他撥號時西格麗德在盯著他。電話響了三聲，然後是答錄機。「我是凱勒，」他說，「我們拿到航程資訊，不過我想跟珍妮佛確認一下。我讓我的旅行社專員接電話，」他說，「她會告訴你時間，你打電話確認給她，好嗎？」他把電話遞給西格麗德。她接過電話，直奔主題：「金姆女士，我是『快樂旅遊』旅行社的西格麗德·克萊恩，」她說，「這趟英國航空公司的航班下午六點整從波士頓洛根國際機場起飛，倫敦轉機，早上九點五十五分抵達法蘭克福。我的電話是——」

他看著牆上畫框裡峇里島的海報。海濱勝境。兩個人相擁躺在一張吊床上。前景有粉紅色的花。

「好，」她說著掛上電話，「我等她打過來。我想要是有什麼變化我應該通知你？」

他側過頭。「有什麼東西不會變化嗎？」他說，「你要真這麼做，每天每一秒你都

17 阿爾比諾尼（Tomaso Albinoni，1671-1751），義大利作曲家，以一曲〈G小調柔板〉（The Adagio in G）而聞名於世。

會忙個不停。」

她面無表情地看著他。「提前確認票價，」她說，「還是不管怎樣，我都開票？」

「不管怎樣都開票。」（「不管怎樣」，這不是他常用的詞！）「謝謝。」他站起身。

「出去的時候跟我躲在桌子下面的同事們打個招呼。」她說。

他在門廊裡停下腳步。「他們把火雞怎麼了？」他問。

「他們用卡車把火雞送到佛蒙特的一個農場，認為那裡不會宰殺火雞，」她說，「你可以看昨天的報紙。大家都被保釋出來了。因為是初犯，我兒子也許能夠避免犯罪紀錄。我雇了律師。」

「我很難過。」他說。

「謝謝。」她說。

他點點頭。她穿著那件他潑過茶的灰色毛衣，除非她有兩件這樣的衣服。他想到，除了家人，她是他唯一一個與之交談的女人。郵局的女人、他出去跑腿時遇到的女人、那個他私下覺得她可能是雙性人的聯邦快遞員——但是就真正的女性熟人而言，西格麗德是唯一一個。他應該多跟她談談她前夫和兒子的問題，儘管他無法想像自己會說什麼。他也無法想像這滑稽還是怎麼的景象：被放生的火雞走在一片上凍的田野裡，在——她說是哪裡來著？佛蒙特。

她接了一通來電。他回頭看看那張海報，看著西格麗德穿著那件灰色毛衣坐在那，他頭一回注意到她戴了一條帶銀十字架掛墜項鍊。她的頭微微前傾，高高的顴骨顯得更突出，那是她臉上最好看的部分；最不好看的是眼睛，間距有點短，讓她看起來總有幾分茫然。他舉起手以示道別，以備她往他這看，然後又從西格麗德的電話中聽出來對方肯定是唐．金姆的繼女。西格麗德在報波士頓到法蘭克福的行程，邊說邊敲著鋼筆。他猶豫了，接著走回去坐了下來，雖然西格麗德沒有請他回來。他坐在那裡，聽珍妮佛．金姆對西格麗德講述整個悲傷的故事——除此之外，那個女孩說什麼能說這麼長時間？西格麗德最終抬眼看他的時候，幾乎成了一直線，她接著把手搭在鍵盤上，開始輸入資訊。「我今晚可能會過來小坐。」他低聲說著站起身。她點點頭，一邊朝電話話筒裡講話，一邊飛快打字。

他有些興奮，想到格魯喬．馬克斯[18]在某部電影裡唱的一首歌，歌詞是：「你是否曾有過一種感覺，想要離開，可是你又有一種感覺，想要留下？」他腦海裡突然浮現出格魯喬用牙齒叼著雪茄的形象。（或者是吉米．杜蘭特[19]唱的歌？）接著格魯喬的臉消失了，只留下雪茄，就像《愛麗絲夢遊仙境》中的某個時刻。然後——雖然多年前父親

18 格魯喬．馬克斯（Groucho Marx，1890-1977），美國著名喜劇演員、電影明星，以機智的俏皮話聞名。

19 吉米．杜蘭特（Jimmy Durante，1893-1980），美國歌手、喜劇演員、鋼琴家。這邊提到的這首歌確實是由他演唱的。

去世時凱勒就戒菸了——他在便利店買了一盒香菸，抽了一根。他開車回家，路上聽著奇怪的太空時代音樂。他開車穿過 Dunkin' Donuts，買了兩個原味甜甜圈，準備看晚間新聞的時候配著咖啡吃。他想起以前蘇・安妮數落過他很多次，說他吃東西不用盤子，似乎撒落的麵包屑就是生活即將失控的證據。

他在自家車道上看到垃圾筒被撞翻，裡面的塑膠袋破了，筒蓋落在院子當中。他隔著車窗看著那塊西瓜皮，又看著他刮鬍子刮破下巴時按在傷口上的沾有血跡的健力士紙巾[20]——他現在鬍子長得沒那麼濃密了，為了在早上省時間，都是上床前刮鬍子；還有散落在那的《經濟學人》，道地的公民會把它們捆紮起來，以便回收。他熄火，下車走進風中，去收拾那亂糟糟的一攤。

他在收拾垃圾的時候，感覺到有人在看著他。他抬頭望了望房子。蘇・安妮走了以後，他不僅取下窗簾，連百葉窗都卸下，他喜歡明亮空曠的窗戶，倘若人們對這類平凡生活感興趣，盡可以一眼望進去。他撿起一顆斑駁的蘋果，這時一輛汽車駛過——一輛藍色麵包車，不是這個社區的，不過最近幾個星期他常看到。也許是一個私家偵探在跟蹤他，他想，他妻子雇用的，想看看房子裡是否住進另一個女人。他抓起最後一片垃圾，塞進垃圾筒裡，打算一會兒再出來重新裝袋。他不想再站在風裡。他打算六點新聞開始以前就吃一個甜甜圈。

西格麗德的兒子背靠外重門[21]坐著，雙膝緊緊抵胸前，在抽菸。凱勒吃了一驚，卻故作鎮定。他在走道上停下，從自己口袋裡的菸盒抽出一根菸。「能借個火嗎？」他對那男孩說。

這似乎有效。布萊德看到凱勒沒太受驚，自己反倒有些吃驚，用一隻手顫抖著遞上打火機。凱勒高高在上。男孩又矮又瘦（時間起碼會解決其中一個問題）；凱勒六英尺多一點，肩膀很寬，體重比標準超出十五或二十磅，每年冬天都會這樣。他對男孩說：「這是禮貌性的拜訪，還是我錯過了一個商務約會？」

男孩愣了一下。他沒領會話裡的幽默，嘟噥著：「禮貌性的。」

凱勒掩住笑意。「請讓一下。」他說著走上前來。男孩手忙腳亂地站了起來，退到一邊，讓凱勒開門。凱勒覺得布萊德有一絲猶豫，不過他還是跟在他後面進屋。

屋裡很冷。凱勒出門時把暖氣調低到華氏五十五度。男孩手臂環肩。菸頭夾在他的食指和中指間。他手腕上戴著一條皮手鏈，露出一個紋身尖尖的頭。「我何來此等榮幸呢？」凱勒問。

「你有……」男孩若有所思地環顧著房間。

---

20 健力士（Kleenex）紙巾，由金伯利（Kimberly-Clark）公司出品的著名品牌紙巾。

21 外重門（storm door），防雨雪及冷風的大門。

「菸灰缸嗎？我用杯子代替。」凱勒說著遞給他一個早上喝咖啡用的馬克杯。他沒有牛奶了，只好喝黑咖啡。該死——他又忘了買牛奶。男孩沒有用手拿住杯子，直接把菸頭在馬克杯裡摁滅。凱勒把杯子放回桌上，彈掉自己的菸灰。他指了指一把椅子，男孩走過去坐了下來。

「你是在工作還是幹什麼？」男孩脫口而出。

「我是個富貴閒人。」凱勒說。「事實上我剛去拜訪你母親，要買一張去德國的機票。是替朋友買的，不是自己。」他加了一句。「除了讀《華爾街日報》，我今天的行程表上只有那件事，」——因為他從不讀本地報紙，因而沒聽說男孩被抓的事，不過他當時沒有對西格麗德那麼說——「還有就是又忘了買牛奶回家。」

凱勒在沙發上坐下。

「你能不能不要告訴我媽媽說我來過這？」男孩問。

「好的。」凱勒說。他等待下文。

「你跟我爸爸曾是朋友嗎？」男孩問。

「不是，不過有一次我們在同一天捐血，好幾年前的事，我們坐的椅子靠著。」這是真的。不知為什麼，他從來沒跟西格麗德講過，其實也不是因為可講的話很多。

男孩神情有些迷惑，好像不明白凱勒說的話。

「我爸爸說你們一起工作。」男孩說。

「我為什麼要撒謊？」凱勒說，給問題的答案留餘地：你爸爸為什麼要撒謊？

男孩又顯得迷惑不已。凱勒說：「我以前在大學教書。」

「我感恩節去我爸爸那，他說你們在同一領域工作。」

凱勒忍不住笑了。「這是一種表達方式。」凱勒說，「就像『我的話面面俱到』。」

「面面什麼？」男孩說。

「如果他說我們『在同一領域工作』，他的意思一定是說我們擅長同一類事。我不是很明白他這種想法，但我確定這就是他的意思。」

男孩看著自己的腳。「你為什麼買有獎彩票給我？」他說。

凱勒該怎麼跟他說呢？說他那麼做是跟他母親間接道歉的一種形式，為了某件並未發生的事，因此他不必真的道歉？世界已經不同了：坐在這的人從來沒聽說過「在同一領域工作」的表達。但是，布萊德的爸爸說這話的前言後語到底是什麼呢？他猜他可以問問，不過他知道布萊德肯定對「前言後語」這詞彙也一無所知。

「我知道感恩節你過得挺糟糕。」凱勒說。他畫蛇添足地加了一句（雖然他自己無法容忍別人畫蛇添足）：「你媽媽告訴我的。」

「是啊。」男孩說。

他們一言不發地坐著。

「你為什麼來看我？」凱勒問。

「因為我覺得你算個朋友。」男孩的回答讓他驚訝。

凱勒的眼神出賣了他。他感覺到自己的眉毛微微往上揚。

「因為你給了我六張有獎彩票。」男孩說。

很明顯，男孩對於更改預計的數字以示強調的作法毫無概念：一枝玫瑰，而不是一打；六個機會，而不是一個。

凱勒起身去拿在客廳桌上的那袋甜甜圈。油透過紙袋滲出，在木桌上留下一攤發亮的油漬，他攥起拳頭擦了擦。他把袋子遞給布萊德，放低一點好讓他看到裡面是什麼。湊近來聞，男孩身上有股淡淡的酸味。他的頭髮很髒，弓著肩坐在那裡。凱勒把袋子往前移了一英寸。男孩搖頭表示不要。凱勒把袋子上端摺好，放在地墊上。他走回剛才坐的地方。

「要是你給我買一輛自行車，我明年夏天就去工作，把錢還你，」布萊德脫口而出，「我需要一輛新的自行車去一些我要去的地方。」

凱勒注視著他，決定不去改進他的句法。紋身的圖案好像是頂部呈球狀的釘子。他覺得應該是一個小小的骷髏頭，因為這陣子好像很流行骷髏圖案，除此之外也沒別的理由。布萊德下巴上有顆青春痘。凱勒整個青春期沒長青春痘，甚至連不相信奇蹟的人都覺得神奇。他女兒就沒有這樣的好運。有一次她因為自己糟糕的皮膚而拒絕上學，他想逗逗她，叫她別那麼敏感，卻害得她哭。「別這樣，」他對她說，「你又不是淋巴結核感染的詹森博士[22]。」他妻子，還有他女兒，聽了這話都哭了起來。第二天，蘇・安妮為琳預約了皮膚病醫生。

「這要跟你媽媽保密嗎？」

「是的。」男孩說。不過他不是很堅決，他瞇起眼睛看凱勒會不會答應。

他問：「你怎麼跟她說這車子是哪來的？」

「我就說我爸爸給的。」

凱勒點點頭。「她大概不會問他這種事吧？」他說。

男孩把拇指伸進嘴裡，咬上面的皮。「我不知道。」他說。

「你不想告訴她，這是作為明年夏天幫我整理花園的交換嗎？」

「好啊，」男孩說著坐直了，「好啊，沒問題，我能做。我會做。」

凱勒想到莫莉・布魯姆[23]也不可能把「會」這個詞說得這麼有力。「我們也許可以

22 指塞繆爾・詹森（Samuel Johnson），曾罹患淋巴結核，手術治癒後臉上與身上留下永久的疤痕。

23 莫莉・布魯姆（Molly Bloom）是愛爾蘭小說家詹姆斯・喬伊斯的長篇意識流小說《尤利西斯》中的女主角。

說是我碰到你，然後提議。」凱勒說。

「說你是在斯考提碰到我的。」男孩說。那是家霜淇淋店。如果男孩想讓他這麼說，他就這麼說。他看著那袋甜甜圈，期待重新高興起來的男孩很快就會伸手去拿。他微笑著，等著布萊德去拿紙袋。

「我踢翻你的垃圾筒。」布萊德說。

凱勒的笑容消失了。「什麼？」他說。

「我來這裡的時候很生氣。我以為你是我爸爸的瘋子朋友。我知道你在跟我媽媽約會。」

凱勒抬起頭。「所以你踢翻了我的垃圾筒，以此作為來問我要錢買自行車的準備？」

「我爸爸說你跟我媽媽約會，是個卑鄙小人。你跟媽媽去了波士頓。」

凱勒被人用很多詞罵過，很多，很多，但是「卑鄙小人」卻不在其中。這出乎他的意料，他差點就覺得好笑了。「如果我真的在跟西格麗德約會呢？」他說，「這就意味著你應該來這裡踢翻我的垃圾筒？」

「我從沒想過你會借我錢。」布萊德嘟噥著，又把拇指伸到嘴邊，「我沒有……我憑什麼認為，就因為你買了十二美元的彩票，你就會把那麼一筆錢借給我呢？」

「我不明白這種邏輯，」凱勒說，「如果我是敵人，那你到底為什麼要來找我？」

「因為我不知道。我有一半時間都不知道我爸爸想說什麼。我爸爸是個大瘋子，你知道嗎？應該有人把他用一個粗麻布袋裝起來運走，扔到離這很遠的地方再放他走，這樣他就能跟他那些寶貝火雞一起生活了。」

「我能理解你的鬱悶心情，」凱勒說，「對我來說，恐怕跟世界上所有的問題相比，把火雞放生都不算頭等大事。」

「為什麼？因為你有個瘋子老爸？」

「我不明白。」凱勒說。

「你說你了解我的感受。是因為你也有個瘋子爸爸嗎？」

凱勒想了一下。回想起來，他父親在去世前那一年變得很孤僻，顯然是因為抑鬱，而不是衰老。他說：「他是個很好的人。勤奮，虔誠，很慷慨，即使他沒有太多錢。他和我母親的婚姻很幸福。」他驚訝地發現這些話聽起來都是對的：多年來，在修訂父親歷史的過程中，他本以為所有的一切都是假面，可是現在，他自己也老了一些，更傾向於認為，人們的不快樂很少是由別人導致的，也很少能由別人緩解。

「我到這裡來踢翻了你的垃圾筒，還拔了一叢你剛種的花。」布萊德說。

這男孩真是意外連連。

「我會再種回去的。」布萊德說。他好像突然快要哭了。「就是房子旁那叢，」他聲音顫抖地說，「周圍有新土。」

沒錯。就是凱勒想到的那叢。最近的一個早晨，雨後，他挖出那叢杜鵑花，栽在陽光更充足的地方。這是他印象中這麼多年來挪動的第一樣東西。蘇・安妮走後，他在花園裡幾乎什麼也沒幹過——真的，園藝活之類的也沒幹。

「好，我想你是該那麼做。」他說。

「要是我不做呢？」男孩尖叫道。他的聲音突然完全變了。

凱勒皺起眉頭，被這突如其來的變卦嚇了一跳。

「要是我喜歡我來這幹的事呢？」男孩說。

突然有把槍對準凱勒。一把手槍，瞄準他，就在他的客廳裡。突然，在他的頭腦甚至還未反應出那東西的名字時，他已經一躍而起。就在他擒住男孩，把槍從他手中扳開的時候，槍走火了。「你們都是操他媽的瘋子，你也是，跟那個婊子約會！」布萊德尖叫。就這樣，因為這麼多聲尖叫，凱勒知道他沒有殺死這男孩。

子彈穿過凱勒的前臂。是一處「乾淨的傷口」，急診室醫師會這麼講，而他的表情顯示出他沒有意識到這個描述所包含的諷刺。凱勒以一股驚人的力量，以沒受傷的那手臂把男孩壓在地毯上，而另一隻手臂正流著血，血染在甜甜圈的紙袋上。然後，搏鬥結束了，凱勒不知該如何是好。似乎他們會永遠保持那個姿勢，他把男孩按在下面，一個人或另一個──還是他們兩個人？──在尖叫。也不知是怎麼辦到的，他用受傷的手臂和好的手臂一起把布萊德拉起來，把這個突然變得死沉、哭泣著的男孩緊緊鉗在身子一側，拖到電話旁，然後撥了九一一。後來，他才知道他打斷了男孩的兩根肋骨，而那顆子彈只差幾分之一英寸就會擊中他前臂的骨頭，不過傷口要縫半打痛死人的針才會癒合。

凱勒在急診室裡滿心懼怕地等著西格麗德的到來。他的世界很早以前就已經上下顛倒，他練就了幾手花稍的雜技，以便保持直立，而西格麗德還只是個初學者。他記得就是那天晚上，他本想去她家，而且他還有可能在那過夜。所有的一切原本可能會非常不同，但卻沒有。還有這種想法：就像他妻子曾經嫌他低估了女兒臉上的疤痕的嚴重性，西格麗德會不會認為事情變得如此極端也是他的錯？在別人責備他時所使用的許多詞彙中，有一個詞是「惹人生氣」。這是他女兒最喜歡用的詞。她甚至不再費心尋找富有新意的詞來形容他的缺點。他是惹人生氣。即使是她，也不會接受「卑鄙小人」這個表述。不，他是惹人生氣。

在燈光明亮的房間裡，他們堅持要他待在輪床上別動。袋子裡的液體正一點點滴進他的手臂。西格麗德──西格麗德來了！──哭個不停。律師陪她來的，一個年輕人，有著明亮藍眼，和他年齡不相稱且過於糾結的眉頭，他看起來慌亂不堪，不宜擔當任何事務。他陪在她身邊，是因為他善良，還是他和西格麗德之間有點情況呢？凱勒發現，他跟西格麗德在感情上沒有進一步發展，這點並沒有免除她的痛苦。又一次，他把一個女人置於傷心絕望的境地。

感情創傷是一件奇怪的事，因為你可能意識不到它的存在，就像潛伏在體內的病變細胞（在醫院裡有這種念頭再自然不過了），或是土地深處的植物球莖，只有被具有穿透力的溫暖太陽攪動時，才會破土而出。

凱勒記得琳搖籃上的太陽——不，是月亮。那個計畫放三名嬰兒，卻只放了一位的搖籃。他跟產後抑鬱的蘇·安妮提議，回去上學，拿下藝術史學位，然後去教書。他想讓她擁有同事，還有朋友。因為他自己不是一個很好的朋友。噢，當然，有時算是。為某個需要去看臨終朋友的人買張機票，這是多好的姿態。這多麼諷刺啊，在他買機票的同一天，他自己也可能死掉。

西格麗德穿著那件灰色毛衣，戴著鑲有十字架的項鍊。她兒子讓她的世界分崩離析。而凱勒也幫不了她：他甚至不願考慮試著幫她把世界拼接完整。國王的所有駿馬，國王的全部班底……就是羅伯·佩恩·沃倫[24]也不能把西格麗德重新拼好。

凱勒以前試過這些：良好的意圖，良好的建議，而他妻子尖叫著說，不管她怎麼做，永遠不夠，永遠不夠，好吧，也許她向他顯示出她所擁有的力量就夠了——他用他的冷嘲熱諷、他的喜劇旁白，還有他無休無止的含糊其辭都沒有消耗完的力量——她把檯燈往地上扔，把他的打字機往牆上摔（牆上的裂痕還在），把電視機扔出窗戶。這些想法都是後來解釋給他聽的，因為她顯示她那非凡的力量時，他不在家。那些松鼠吃掉每一顆球莖。那個春天不會再有一棵鬱金香開花了。他懷疑並非如此——松鼠當然不會挖掉每一顆球莖——但是她沒有心情跟他理論。再說，還是有一些規則，他在婚姻中扮演的不是謙和禮讓的角色，而是要惹人生氣。他女兒曾經這麼說。

她也出現了，他的女兒。她由一個護士陪著，衝到他身邊。她還是同一人，曾經被裹在粉紅色毯子裡拿給他看，現在幾乎和他一樣高，她的臉那時候有皺紋，現在也有皺紋。

「別瞇著眼看，」他說，「戴上你的眼鏡。你還是一樣漂亮。」

他快速站起來，想讓她看到他沒事，這舉動讓護士和醫生憤怒地衝到他旁邊。他說：「我沒有健康保險。我要求出院。槍的子彈出膛，我也應該出院[25]，這才公平。」

護士說了些什麼，他聽不清。他站著要用勁，這讓他頭昏眼花。房間另一頭，西格

24 羅伯特．佩恩．沃倫（Robert Penn Warren，1905-1989），美國詩人、小說家、「新批評派」文藝批評家，《國王的人馬》（*All the King's Men*）是他的小說代表作。

25 英語中「出膛」和「出院」是同一個詞「discharge」，這邊凱勒又在玩文字遊戲。

麗德成了重影，模糊不清。琳在否定他剛說的話，用刺耳的聲音向每個人說明他當然有健康保險。醫生相當堅決地把他送回輪床，現在有很多雙手在他的胸前和腿上綁帶子。

「凱勒先生，」護士說，「你進醫院前流了不少血，我們需要你躺下。」

「而不是起來？」他說。

醫生正要離開，又轉身回來。「凱勒，」他說，「這裡不是急診室，在那裡我們會為你做任何事。在這，護士不是你喜劇裡配戲的角色。」

「顯然不是，」他飛快地接話，「我們猜她是女人[26]。」

醫生的表情沒有任何變化。「我上醫學院的時候認識一個像你這樣自作聰明的傢伙，」他說，「他應付不了學業，就編了一套滑稽台詞，打趣自己考試不及格。最後，我成了醫生，而他還在自言自語。」他走開了。

凱勒馬上準備好反擊，他在腦海裡聽見自己的詞，但嘴唇卻無法造型來說出這些話。他身邊最親最近的人一直期盼的事情終於發生了：他擅長言辭的恐怖才華這一刻終於消停。真的，他疲倦得說不出話來。

最親最近這個短語讓他陷入回憶，想起了那頭鹿，消失在好萊塢山中的那頭鹿。他的守護天使，恰好也是有疥癬[27]，蹄子緊緊抵住地面，沒有輕如薄紗的翅膀將牠向上托舉。他閉上眼睛。

凱勒睜開眼睛的時候，他看到女兒正俯視著他，緩緩地點頭，試探的微笑像括弧在她嘴角輕輕顫動，他覺得這個括弧裡可能包含這樣的資訊：是的，曾幾何時，他能夠輕易地讓她安心，就如同她的信任也讓他安心。

他心懷感激，嘗試展露他最出色的傑克．尼克遜式的笑容。

（二〇〇一年四月十五日）

26 這裡凱勒在玩文字遊戲，前文中的「喜劇配戲的角色」原詞是「straight man」，這詞彙同時有「異性戀男人」之意，因而凱勒打趣說「她是女人」。

27 「有疥癬」（mangy）一詞此處為雙關語，「mangy」在口語中還有卑鄙低賤的意思，凱勒之前曾被西格麗德的兒子罵作「卑鄙小人」，所以他會有此聯想。

查找和替換

這是真人真事：我父親在耶誕節當天在一所臨終關懷醫院去世了，那時候醫院大廳裡，穿著黑色大靴、蓄著鬍鬚的小丑正在表演小丑版聖誕老人的節目，以此娛樂一名與我父親生前交好的老人，他得了肌萎縮性脊髓側索硬化症，時日不多。我不在場，我當時在巴黎報導關於旅行藝術正在分解——是我姪子賈斯伯幫我找的差事，他在紐約的廣告公司工作，那家公司對顧問的迷戀比茱莉雅．柴爾德[1]對雞肉的迷戀更甚。這些年來，賈斯伯幫我謀得這些差事，讓我在寫作《我不會說出名字的美國偉人》時得以維持生計。

我很迷信。例如，我想過雖然父親身體不錯，但是我一出國他就會去世。他真的去世了。

1　茱莉雅．柴爾德（Julia Child, 1912-2004），美國著名廚師、作家、電視人物，因通過《掌握法式烹調藝術》一書把法式菜肴推薦給美國大眾而聞名。

在七月一個全球變暖的日子，我飛到麥爾斯堡，租了一輛車，往我母親家駛去，為了紀念（這是她的術語）我父親過世六個月。其實是七個月，由於我在多倫多為HBO的一部電影勘景，六月二十五日不可能趕回來，我母親認為，最能體現敬意的做法是等到一個月後的同一天再操辦。我不會問我母親一大堆問題，如果我做得到，我就按照她說的做，以求太平。作為母親，她不算苛求。大多數要求都很簡單，關係到她對禮數周全的理念，總是集中在寫便條這件事上。我有些朋友非常擔心他們的父母，每個週末都去探望；還有些朋友每天都打電話回家；有的幫父母修剪草坪，因為找不到人去做。至於我母親，問題往往是：我能寄弔唁卡給佛恩斯太太，對她家的狗不幸離世表示慰問嗎？或者，我能做件好事，打電話給紐約我家附近的花店，要他們送一束花給我母親的朋友慶祝生日嗎？因為跟不熟的花店訂花可能會是一場災難。我不買花，在韓國市集上都不買，不過我四處打聽，後來聽說送到那個朋友家門口的花是非凡的成功。

我母親的朋友成千上萬，是她讓賀卡業維持運轉。如果真有土撥鼠日[2]的問候卡，她很可能真的會給別人寄一張。還有就是，好像從來沒有哪個人會從她生命中消失（除了我父親這個引人注目的例外）。她跟十五年前在斯威夫特家庭旅館為她打掃房間的女僕還有賀卡往來——而我父母只在那待了一個週末。

我知道我應當心懷感激，她是如此友善。我很多朋友都在哀歎，他們的父母不是和每個人都能發生爭執，就是完全不善交際。

於是我從紐約飛到麥爾斯堡，坐巴士到租車公司。讓我無比欣慰的是，上車發動引擎的瞬間，空調就開始吹冷風。我身子往後仰，閉上眼睛，用法語從三十倒數計時，開車前我需要放鬆神經。然後，我播放吵鬧的音樂，調好重低音，出發。我摸了摸方向盤，看有沒有自動控速裝置，因為只要再吃一張罰單，我的保險就會被吊銷。或許可以讓我母親寫張彬彬有禮的便條，為我說情。

不管怎樣，我這故事的預備程序不過如此：旅途中半路上幾乎註定會下五分鐘急雨，美麗的橋，放出大力神般臭屁的死卡車。我開到維尼斯，跟著米克．傑格一起高唱〈馱畜〉。我抵達我母親住的那條街，那裡似乎是全美國唯一一段由上帝直接守護的路，只有四分之一英里長。我以駕著裝有雷達的汽車之佛羅里達警察的眼光，把自動控速設為每小時二十公里，慢慢滑進她的車道。

天熱成這樣，我母親還在外面，她坐在草坪椅上，椅子周圍環繞著一圈盆栽紅色天竺葵。見到母親我總是很迷惑。不管什麼時候，一看到她我就六神無主。

2 土撥鼠日（Groundhog Day），北美地區的傳統節日，每年二月二日美國和加拿大很多小城和村莊都會慶祝。在傳說中，土撥鼠擔負著預報時令的任務，如果牠在這天可以看到自己的影子，北美的冬天還有六個星期才能結束；如果牠看不到自己的影子，預示著春天很快就要來臨。

「安！」她說，「哦，你累壞了吧？坐飛機很難受吧？」

其中的潛台詞讓我很鬱悶：這種預設是，到達任何地方都要經過地獄般的折磨。事實上，也確實如此。我搭乘全美航空，座位在最後一排最後一個，每次箱子砰砰地撞擊行李艙時，我的脊樑骨都會痛苦地震顫。我的旅伴是帶著不停扭動的嬰兒和十來歲兒子的胖女人。那男孩不願意好好坐著，他尖叫，亂動，打翻我的蘋果汁，這時她就擰他的耳朵。我只是沉默地坐著，我能感覺到我過於安靜，讓每個人都很崩潰。

我母親的臉還是很粉嫩。父親去世前不久，她去找皮膚科專家做微晶磨皮手術，去除嘴唇上方一個小小的惡性皮膚瘤。她戴著必不可少的寬邊帽，一副船王歐納西斯式的墨鏡。她還是標準著裝：前面多一片布的短褲，因此看起來像穿著短裙；飾有亮片的T恤，今天的圖案是一隻黑耳朵閃閃發亮的獅子，在我看來，鼻子的顏色是對的。獅子眼睛，你以為會用亮片，卻被塗了顏色。是藍色。

「愛你。」我說著擁抱她。我學會不回答她的問題。「你就在大太陽底下坐著等我？」

同樣，她也學會不回答我的問題。「我們可以喝點檸檬汽水，」她說，「保羅．紐曼[3]做的。還有那個人的番茄大蒜調味汁——我後來自己再也不做。」

意外幾乎馬上到來，就在她把一疊紙塞進我手裡後：她想讓我看朋友寫給她的感謝信；一封關於即將到期的雜誌訂閱而她看不明白的信；一份她拿回來的吸塵器廣告，想聽聽我的意見；兩張她十年前買的百老匯歌舞劇票，她和我父親從未使用（問我做什麼呢？）；還有——最有趣的是在紙堆底下——一封來自德雷克・德雷奧德斯的信，她的鄰居，信中說讓她搬過去和他同住。「還是買吸塵器吧。」我說，想開個玩笑打岔。

「我已經回覆了，」她說，「你要是知道我說了什麼也許會很驚訝。」

德雷克・德雷奧德斯曾在我父親的追悼會上致辭。在那以前，我只見過他一次，當時他拿著一個金屬探測儀在我父母的草坪上走來走去。噢，不對，我母親提醒，有一次我跟他在藥店裡攀談過，我和她經過那裡替父親買藥。他是藥劑師。

「唯一會讓我驚訝的就是你做出肯定的回答。」我說。

「『肯定的回答』！瞧你說的。」

「媽，」我說，「告訴我你都不會花一秒鐘去考慮這事。」

「我考慮了幾天，」她說，「我認為這是好主意，因為我們很合得來。」

「媽，」我說，「你在開玩笑對嗎？」

「你對他了解更多些就會喜歡他。」她說。

3 演員保羅・紐曼（Paul Newman）與作家A・E・哈奇納（A. E. Hotchner）共同創立了「Newman's Own」食品公司。

「等等，」我說，「這個人你幾乎都不了解——還是我太幼稚了？」

「哦，安，到了我這歲數，你就不一定想把別人了解得那麼清楚了。你想要的只是合得來，你可不能讓自己再捲進那些已經演完的劇情——那些人人在年輕歲月時的故事。你只是想——你想要你們合得來。」

我坐在我父親的椅子上。那塊滑來滑去、讓他抓狂的墊布已經不在扶手上，一塊顏色深些的布料在那位置。爸爸，給我個信號，我心裡想著，看著那亮閃的布料，猶如是水晶球般。我緊握杯子，杯身上有水氣。「媽——你不可能是認真的。」我說。

她眨眨眼睛。

「媽——」

「我要住進他家了，房子就在這條街跟棕櫚大道的夾角處。你知道，他們最開始興建的那種大房子，搞分區制之前人們追著要這種大房子，豎起那些沒有個性的號碼。」

「你要跟他一起住？」我難以置信地說，「可是你得保留這棟房子。你要保留的，是不是？萬一事情沒成。」

「你父親認為他是好人，」她說，「他們以前週三晚上玩撲克，我猜你知道。要是你父親還在，德雷克還會教他怎麼發電子郵件。」

「用一台，用——你沒有電腦。」我傻傻地說。

「哦，安，我有時不明白你。好像你父親和我就不能開車到『電路城』買電腦——他本可以給你發郵件的！他為此感到很興奮。」

「嗯，我不——」我似乎無法完成任何思考。我又重新開始。「這也許會是個大錯，」我說，「他跟你只隔了一個街區，真的有必要搬過去和他同住嗎？」

「你那時有必要去佛蒙特跟理查．科林漢姆同住嗎？」

我不知道該說什麼。我一直瞪著她。我微微垂下眼簾，看到獅子的藍眼睛。我把目光投向地板。新地毯。她什麼時候買了新地毯？是她做出決定以前還是以後？

「他什麼時候問你的？」我說。

「大概一星期前。」她說。

「他發郵件來說的嗎？還是只寫了便條給你？」

「要是我們有電腦，他可以發郵件！」她說。

「媽，你對此真的是認真的嗎？」我說，「到底是什麼——」

「到底是什麼，哪個因素，是什麼令人絕對信服的原因讓你跟理查．科林漢姆一起生活？」

「你為什麼總是說他的全名？」我說。

「大多數我認識的老太太，她們的女兒要是知道母親記得她們男朋友的大名都會高興，更別說是姓了。」她說。「年事已高的老太婆們。是的。我自己也煩透了她們。我明白是什麼把孩子們逼瘋的。但是我不想因此沾沾自喜。我想告訴你，我們打算在他那裡住一段日子，不過我們在認真考慮搬去圖桑。他跟他兒子非常親近，是建築師。他們每天都通電話，還發郵件。」她說。她從不責備人，我想她只是在強調。就在不久以前，我還在數著法語的三、二、一來放鬆情緒，隨著米克·傑格唱歌，朝我母親家一點一點開去。

「不過這些事不該打攪紀念你父親的日子，」她幾乎在低語，「但我想讓你了解，我是認真的：我覺得你父親看我跟德雷克合得來會開心。我內心深深地感覺到是這樣。」她敲了敲獅子的臉。「要是可以，他會祝福我們。」她說。

「他就在附近嗎？」我說。

「你聽聽，開玩笑說你父親不在我們中間，這樣對他不敬！」她說，「安，這是最差的品味。」

我說：「我是說德雷克。」

「噢，」她說，「我明白了。是的。對，他在。不過現在他去看下午場電影。我們覺得你跟我應該私下聊這些事。」

「我猜他會跟我們一起吃晚飯？」

「其實他要去薩拉索塔看幾個老朋友，他知道你要來之前就定下的飯局。你知道，一個人仍然和老朋友有來往，這是對他本人最好的證明。德雷克跟老朋友來往很多。」

「那好，對他正好。他有他的社交生活，你跟他又合得來。」

「你的話有點諷刺——你總是這樣，」母親說，「你也許可以問問自己為什麼跟那麼多朋友都疏遠了？」

「這成了批評我的時機，對嗎？順便說一句，我明白，你暗示不理解我跟理查的關係——或者是不理解我跟他分手的原因，你也是在批評我。我跟他分手是因為他和他一名十八歲的學生皈依科學真理教[4]，他問我想不想跟他們一起坐麵包車去聖莫尼卡。他們出發前，他把貓扔給動物收容所，所以我猜我不是唯一一個受到怠慢的。」

「哦！」她說，「我都不知道！」

「你不知道是因為我從沒跟你說過。」

「哦，那對你來說很恐怖吧？你事先曾想到嗎？」

她當然是對的：我把太多朋友拋在身後。我告訴自己那是因為我旅行得太多，因為

4 科學真理教（Scientology），也譯作「山達基教」，是一九五二年美國科幻小說作家賀伯特（L. Ron Hubbard，1911-1986）創立的教派，旨在尋求自我了解和提升精神境界，宣稱能使信徒發揮人的最大潛力。該教派常被認為是邪教。

我的生活如此混亂。可是，其實，也許我自己應該多寄幾張卡片；還有，也許我本應注意到理查總是拈花惹草。鎮上的每一個人都知道。

「我想我們可以喝點保羅．紐曼的檸檬汽水，然後吃甜點時，我們可以把那些祈禱用的小燈點亮，靜默一會兒，悼念你父親。」

「好。」我說。

「我們需要去雜貨店買點蠟燭，」她說，「那晚德雷克和我用香檳為我們的將來乾杯時，把蠟燭都點完了。」她站了起來，戴上帽子。「我來開車。」她說。

我像卡通裡的小孩般，拖拖拉拉地跟在她身後。我能想像自己在踢土。一個她幾乎不了解的人，這是我最意料不到的。「跟我說說事情的梗概吧，」我說，「他寫了便條給你，你回信，然後他就過來喝香檳？」

「哦，算了吧，不見得是什麼偉大的羅曼史，」我母親說，「可是人已經厭倦那些起起伏伏。到這個階段，你需要的就是讓事情變得簡單點。事實上，我沒有回信。我考慮了三天，然後就直接去敲他的門。」

蠟燭是肉桂香味，讓我覺得嗓子發緊。開始吃飯時，我母親點起蠟燭，等到吃完飯，她似乎已經忘記談論我父親。她提起一本她在閱讀、關於亞利桑那州的書。她提出要給我看一些照片，但是也忘記了。我們看了電視播放的一部關於將死的芭蕾女伶的電影。她死前想像著自己跟一名明顯是同性戀的男演員跳了一曲雙人舞。我們吃了 M&M 巧克力豆，我母親總認為那不是真正的糖果。我們早早上床。我睡在折疊沙發上。她讓我穿上她的睡衣，說德雷克早上可能會來敲門。我輕裝旅行：牙刷，沒有睡衣。德雷克第二天早上沒來敲門，但是他在門底下留了一張字條，說他的車出了問題，他會在修車鋪。我母親看起來很難過。「也許你走之前會想寫一張小小的便條給他？」她說。

「我能寫什麼呢？」

「這個嘛，你不是替角色編對話的嗎？你想像自己會說點什麼？」她把手放在嘴唇上。「沒關係，」她說，「如果你真的要寫，至少先讓我對你寫什麼有些概念，我會很感激的。」

「媽，」我說，「請代我向他致以最美好的祝福。我不想寫便條。」

她說：「他的郵箱是 DrDrake@aol.com，如果你想發郵件的話。」

我點頭。只點頭是最好的。我覺得我可能也到了她說的那個階段，有種壓倒一切的欲望，想讓事情更簡單。

我們擁抱，我親吻她精心保濕的臉頰。我把車開出車道時，她走到前院草坪上朝我揮手。

回機場的路上，一場突如其來的陣雨降臨，我被迫停在路肩，這時候我心想，有個牧師可供召喚顯然是有用的。我覺得我母親需要的是某個介於律師和心理醫生之間的人，牧師最是完美。我腦海中浮現出一個面無表情的勞勃．狄尼洛穿著牧師的衣服，而辛蒂．羅波在一旁唱著關於女孩只想找點樂子的歌曲。

可是，我的離開並不像我希望的那麼快。回到租車場，我的信用卡被拒。「可能是因為我用了手持刷卡器，」那個年輕人對我說，為了掩飾我的尷尬，或是他的，「你還有別的卡嗎，或者你願意到裡面再刷一次嗎？」

我不知道卡會有什麼問題。是美國運通卡，我總是即時付款，不想因為遲付而失去會員積分。我稍微有些擔心。我前面只排了一個女人，櫃檯後面的兩個人商量完事以後，都轉向我。我選了那個年輕人。

「我在外面刷卡時有點問題。」我說。

那個人拿過卡刷了一下。「現在沒事了，」他說，「我很榮幸地告訴你，只要一天多付七美元，我們就可以為你升級到福特野馬。」

「我是來還車的，」我說，「外面的機器讀不了我的卡。」

「謝謝你的提醒。」年輕人說。他戴了一塊胸牌，姓名上方寫著「實習生」。他的名字寫得更小，叫吉姆・布朗。他有張和善的臉與糟糕的髮型。「那麼你還是用美國運通卡支付？」

一個年長一點的男人朝他走過來。「怎麼了？」他問。

「這位女士的卡被拒，不過我又刷了一次，沒有問題。」他說。

年長的男人看著我。屋裡較涼快，可是我還是覺得好像快融化了。「她是還車，不是租車？」男人問，好像我並不在場。

「是還車，先生。」吉姆・布朗說。

事情開始變得沒完沒了了。我伸手去拿收據。

「野馬是怎麼回事？」男人說。

「我誤以為——」

「我跟他提到我多麼喜歡野馬。」我說。

吉姆・布朗皺起眉頭。

「事實上，我很動心，馬上想租一輛。」

年長的人和吉姆・布朗都懷疑地看著我。

「女士，你是來還馬自達的，對嗎？」吉姆・布朗邊說邊查看著收據。

「是的，不過現在我想租一輛野馬。」

「寫上：一輛野馬，再加九塊錢。」年長的人說。

「我給她的報價是七塊。」吉姆．布朗說。

「讓我看看。」那個人在鍵盤上敲了幾個鍵。「七塊。」他說著走開了。

吉姆．布朗和我一起看著他走開。吉姆．布朗湊近，低聲說：「你是為了幫我嗎？」

「不，完全不是，只是想到開一天野馬也許很好玩。也許要一輛敞篷的。」

「特價只限於普通野馬。」他說。

「只是錢的問題嘛。」我說。

他敲了一個鍵，看著顯示器。

「一天，明天還？」他說。

「對，」我說，「我能挑顏色嗎？」

他有顆歪門牙。這顆牙與他的髮型讓人分心。他的眼睛很美，頭髮顏色也很好看，像小鹿的毛色，但吸引注意是牙齒和參差不齊的瀏海，而不是他的優點。

「有輛紅色，兩輛白色，」他說，「你不需要趕回去上班嗎？」

我說：「我要紅色的。」

他看著我。

「我是自由職業。」我說。

他微笑了。「也很衝動。」他說。我點點頭。「做自己老闆的特權。」

「哪一行？」他說，「當然，這不關我的事。」

「吉姆，需要幫忙嗎？」年長的人說著從他身後過來。

吉姆的反應是低下頭開始敲鍵盤。這更讓他顯得學生氣息：他咬著下唇，專心致志。印表機開始列印收據。

「我以前因為衝動惹過麻煩，」他說，「後來我被診斷出有注意力缺失症。我祖母說：『看，我告訴過你，他是忍不住。』她一直跟我媽那麼說：『忍不住。』」他使勁點點頭。他的瀏海在前額上跳動。要是在屋外，他的瀏海就會貼在皮膚上，不過屋裡有空調。

他提到注意力缺失症，這讓我想起那個肌萎縮側索硬化症患者——我從來沒見過的那個人。我腦海裡那個大腳丫、圓頭鼻的小丑形象變得更加清晰。我現在深呼吸的時候，喉嚨裡還有肉桂味。我拒絕承保範圍的所有選擇，在每一個「X」旁邊簽上我名字的首字母。他看著我草草塗上的簽名。「寫什麼類型的東西？」他問，「懸疑嗎？」

「不。是發生的真事。」

「人們不會生氣嗎？」他問。

年長的人正往櫃檯那一頭的女人那逼近。他們倆盡量裝出沒在刻意觀察我們的模樣。他們倆低語著，頭湊在一起。

「人們認不出自己來。而且，萬一他們認出了，你只要在電腦上操作，用一個名字替換另一個名字就行了。所以在最終的版本裡，每一次『媽媽』這個詞出現的時候，都會被『秋海棠嬸嬸』或其他什麼詞替換掉。」

他把檔案放進資料夾時弄皺了這些檔案。「A-8，」他說，「出門右轉，靠著圍欄往前走。」

「謝謝，」我說，「謝謝你的好建議。」

「沒什麼。」他說。他似乎在等待什麼。在出口處，我回頭看了看，當然，他也在看我。還有那個年長的人，還有那個跟他說話的女人。我沒理他們。「你不會在電腦上改變設置，把『野馬敞篷』替換成某輛慢吞吞的傑奧米特羅[5]吧？」

「不會，女士，」他微笑著說，「我不知道怎麼替換。」

「這很容易學。」我說著給了他一個最動人的笑容，走到停車場，熱氣從瀝青路面蒸騰而上，讓我覺得雙腳好似在一個抹了很多油的平底鍋上滑動。鑰匙在車裡。這輛車看起來完全不像老款的野馬。紅色十分鮮豔，有點讓人有點不快，至少是在這麼熱的日子裡。車頂已經放下。我轉動鑰匙，看到里程數少於五百英里。座位夠舒適。我調整後視鏡，繫上安全帶，把車開到出口，絲毫沒有打開收音機的欲望。「靚車！」小亭子裡的男人說著檢查了資料夾，又遞了回來。

「剛才一時衝動租下的。」我說。

「這樣最好。」他說。我開走的時候他敬了半個禮。

然後我才意識到這無情的現實，我只能跟她講道理，我只能用盡一切手段，其中包括侮辱她偉大的好友德雷克，好讓他不要從經濟上抽乾她，從情感上摧毀她，利用她，支配她——誰知道他葫蘆裡賣的是什麼藥？他對我避而不見是故意的——他不想聽我要說的話。他是怎麼想的？她那忙碌的女兒會按照計畫輕易地消失？還是她也許會非常開明，對他們的計畫感興趣？還是他認為她可能是個沒用的東西，跟她母親一樣。誰知道這種男人會怎麼想。

我超速了，警察讓我把車停到路邊，我沒有緊急煞車，他便拉響警笛。他開車追過來時，我從後視鏡裡看到他眉頭緊皺。

「我母親就快死了。」我說。

「駕照和登記表。」他透過那種警察最喜歡的反光太陽鏡看著我說。我在鏡片上看到一個極小的我，就像鏡片上的一點汙跡。我確實超速了，因為過分擔心。畢竟這是個

5 傑奧米特羅（Geo Metro），鈴木為美國市場設計的經濟車型。

糟糕的情況。最簡單的回答就是我母親快死了。用「快死了」替換「腦子壞了」。

「野馬敞篷，」警察說，「母親快死了還租這樣的車。」

「我以前有輛野馬。」我忍住眼淚說。我說的也是實話。我從佛蒙特搬走時，把車留在一個朋友的穀倉，過冬的時候屋頂塌陷，車身損壞嚴重，不過反正車架早已鏽爛了。「是我父親在一九六八年買給我的，為了賄賂我讀完大學。」

警察努了努嘴唇，直到換上一副完全不同的表情。我看到自己在鏡片上的映象在輕輕顫動。警察碰了碰他的墨鏡，鼻裡哼了一聲。「好，」他說著退後一步，「我打算給你一個警告，放你走，為的是督促你按標示的速度行駛，尊重自己和別人的生命。」

「謝謝你。」我真心誠意地說。

他又碰了碰墨鏡，把警告單遞給我。我是多麼幸運。多麼，多麼幸運。

一直等到他回到車裡，疾馳而去後，我才看那張紙。他沒有在任何一個方框裡打鉤。相反，他寫下了他的電話號碼。好啊，我想，如果我殺了德雷克，這個號碼倒是能用得上。

我也玩了一個自己的小遊戲：用吉姆·布朗替換理查·科林漢姆。

他大概二十五歲，也許比我年輕三十歲。這會受到譴責，幾乎跟理查找那個十幾歲的女孩一樣。

我開回到橋上，取道第一個去維尼斯的出口，開過總是關著門的「果園之屋」，永遠在延伸的大商場讓人鬱悶不已。

我母親，又坐在草坪椅上讀報，但是現在汽車經過的時候她都不抬頭看。我清楚記得多年以前，我和父親開著一輛水綠色野馬敞篷車，拐上我們位於華盛頓的家的車道時她的表情。她大吃一驚。那麼吃驚。她一定是在想開銷。

也許還想到了危險。我母親現在似乎不那麼容易緊張。顯然，她自己，也可以相當衝動。我正要按喇叭時，我母親站了起來，花了一分鐘站定，然後朝那屋子走去。她為什麼彎著腰，走得那麼慢？她早先是在假裝手腳俐落嗎？還是我沒有注意到？門開了，一個男人——是德雷克，就是他——站在門口，伸出一隻手，等待著，他沒有走下台階，只是等待著。他直挺挺地站著，不過，即使慢慢開著車，我也只瞥到他一眼：這個不是我父親的男人伸出他的大手，而我母親抬起她的手，好像一位淑女走上一段雅致、鋪著地毯的樓梯，而不是三級水泥台階。

我沒什麼可說的了。一切都已經決定了。沒有能讓我說出來就能阻止他們的詞彙。

我在接近街道盡頭的時候左轉，不想冒險第二次經過。我意識到如果有人在等待我的回音，大概是那兩個人——那個男孩和那個警察——如果不是第三個某人（我母親也許希望我為關於德雷克的恐怖警告而道歉）。我本可以打電話，讓這個夜晚沿著完全不同的方向發展，但是現在，每個人都會明白我為什麼做出相反的決定。

你無法不明白。首先，因為這是事實，其次，因為每個人都知道事情是如何變化。事情總是在變化，即使是在很短的一段時間裡。回到麥爾斯堡，一切業務都是公事公辦：租車公司的職員換班，於是我打開車門出來的時候，只有一件例行公事：車況是否正常。

（二〇〇一年十一月五日）

兔子洞是更可信的解釋

我母親不記得曾被邀請來參加我的第一次婚禮。這是我去化驗室接她的時候，我們聊天聊到的，她在那抽血，檢查服藥後的情況。她坐在一把橘色塑膠椅上，教旁邊的男人如何填筆記板上的表格，我可不確定那男人需不需要她的建議。很明顯，我還沒來的時候，她告訴他我沒有邀請她參加我的任何一次婚禮。

「我不明白你為什麼要送我來抽血。」她說。

「醫生讓我預約的，不是我送你來的。」

「好吧，你遲到了。我坐在這一直等啊等啊。」

「媽，你比預約的時間早一小時，所以你在這待了這麼久。護士打電話給我後十五分鐘我就到了。」我的語氣專斷而又諂媚。兩種語氣彼此消解，真正交流的東西很少。

「你聽起來像是佩里・梅森[1]。」她說。

1 佩里・梅森（Perry Mason），美國哥倫比亞電視台一九五七到一九六六年間播出的一部同名法庭電視劇的主角。

「媽，那邊有個人要過去，你擋到她了。」

「噢，很抱歉我擋到別人。他們可以按喇叭，上另一條道路。」

醫院走道上，一個女人快步繞過我母親，差點撞上迎面而來的一隊輪椅：四把輪椅，幾乎把走道占滿。

「她開一輛跑車，那個人，」母親說，「你總能看出來。不過看她那身材，她怎麼能擠得進去？」

我打算不理會她。她戴著一對圈圈耳環，額頭上有點擦傷，顴骨貼著OK繃。她的臉有點像障礙賽場。「誰去把車開過來？」她問。

「你看還有誰？你就坐在大廳裡，我會把車停到車道。」

「一輛車會讓你不停地預設未來，是不是？」她說，「你得想像一切：怎麼開出停車場，開上車道，怎麼應付往來的車流。還有，你記得吧，有一次你剛開上車道，有一男一女站在馬路正中間吵架，不願讓開路讓你停車。」

「我的生活充滿樂趣。」我說。

「我覺得你的新工作不適合你。你是多麼美麗的女裁縫——有真正、老式的才幹——你幹麼要用電腦做事？離開鄉間那所可愛的房子，每星期五天開車到這個……這個鬼地方。」

「謝謝你，媽，你比我表達得還流暢——」

「你做好那些箭魚演出服了嗎？」

「是海星。我很累，昨晚我看電視了。現在要是你能坐在那邊那把椅子上，一會兒就能看到我把車停在路邊。風很大，我不想讓你站在外面。」

「你總是有理由不讓我待在外面。你怕蜜蜂，對吧？自從你那次耙草時腳趾被蜜蜂螫到後，就對小黃蜂怕得要死——那種蜜蜂叫小黃蜂。你耙草的時候不應該穿涼鞋。如果你不能再找個丈夫替你幹活的話，下次耙草就穿登山靴吧。」

「別再對我說教了，還有——」

「去開車吧！最壞的可能是什麼？我還得多站幾分鐘？我可不是白金漢宮外面那些衛兵，他們必須目視前方，直到失去知覺。」

「好。你可以站在這，我會停在路邊。」

「你開什麼車？」

「我一直以來開的那輛。」

「要是我沒出來，你就進來接我。」

「好，那當然，媽。可是你為什麼不願出來？」

「ＳＵＶ會擋住視線。它們直直地開上來，彷彿路邊是它們的。車窗還貼深色的膜，好像裡面坐著麗茲．泰勒[2]，或是哪個黑幫老大。汶萊那個俊小夥子——我怎麼說起這個？我一定是想到了汶萊蘇丹。反正，剛才跟我聊天的那個人說，他在紐約一家酒店門口下計程車的那刻，伊莉莎白．泰勒正從豪華轎車裡出來。他說她不停地從車門裡把小狗遞給每一個人。門房。行李員。她的髮型師的手臂下各夾著一隻。可那不是她的狗——是他自己的狗！他騰不出手來幫伊莉莎白．泰勒。結果那可憐的男人——」

「媽，我們得走了。」

「我跟你一起去。」

「你討厭坐電梯。上次我們嘗試過，可你不願意走——」

「好吧，不過走樓梯不會要我的命，對吧？」

「我的車沒有停在五樓。這樣吧，你就站在窗邊，然後——」

「我知道該怎麼辦。你跟我說了一遍又一遍！」

我舉起雙手，又放下。「一會兒見。」我說。

「是那輛綠色的車嗎？是那輛我總以為是綠色的黑車嗎？」

「是的，媽。我只有一輛車。」

「噢，你不要那麼說。我希望你永遠不用了解有些糊塗是什麼感覺。我知道你的車是黑色的，只是在陽光很強時，看起來有點發綠。」

「我五點回來。」我說完便走進旋轉門。我前方有個人，雙臂打著石膏，以前額頂著玻璃。不到幾秒，我們就出來了。結果他轉過身盯著我，滿臉通紅。

「我不知道我有沒有推門，是不是轉得太快了。」我說。

「我想該有個解釋。」他悶悶不樂地說著走開了。

那名在走道從我們身旁走過的胖女人在人行道上邊打手機邊等紅燈。燈變綠時，她歪著頭往前走，好像緊貼她耳朵的手機在為她領路。她穿著一件不合身的運動夾克，一條普通的長裙，鞋子合腳，肩上垂著一個小小的手提包。「我在你後面。」我母親明確地說，她在我往另一側路沿行走時，在途中趕上我。

「媽，那裡有電梯。」

「你為你母親做得夠多了！你不顧一切[3]，只能利用午餐時間過來。來接我是不是意味著你就無法用餐？你看我現在情況很好，你可以叫輛計程車送我回家。」

「不，不，沒問題的。不過昨晚你叫我讓你在髮型師那下車，你不是要去那嗎？」

「噢，我想不是今天。」

「是今天。預約時間是十五分鐘後。去找艾洛斯。」

2 麗茲・泰勒（Liz Taylor），美國著名影星伊莉莎白・泰勒（Elizabeth Taylor）的暱稱。

3 母親第一次用到「desperate」一詞。

「我可不想跟一個曾在廣場引起騷動的人同名[4]。你呢？」
「不想。媽，你在檢票口等著好嗎？我會開——」
「你主意可真多！你幹麼不讓我跟你一起去取車？」
「坐電梯？你要進電梯？好吧，我沒意見。」
「不是那種玻璃的吧，是嗎？」
「有面玻璃牆。」
「那麼我會像那些女人一樣。就是那些撞到玻璃天花板的女人。」
「我們到了。」
「這裡有股怪味。我就坐在椅子上等你吧。」
「媽，椅子在街對面。你現在在這。我可以把你介紹給檢票亭的那個人，他負責收錢。或者你可以深吸一口氣，跟我一起搭電梯。好嗎？」
電梯裡有個穿西裝的男人，替我們把門。「謝謝你，」我說，「媽？」
「我喜歡你去小教堂的提議，」她說，「到那接我吧。」
那個人還在用肩膀抵著電梯門，眼睛看著地上。
「不是小教堂，是檢票亭。就在那？你就待在那？」
「是的。在那裡，跟那個男人一起。」

「你看見那個人——」我走出電梯，門在我身後關上。

「我確實看見他了。他說他兒子在拉斯維加斯結婚。然後我說：『我從沒去過我女兒的任何一次婚禮。』他又說：『她結過幾次婚？』我當然如實相告。他就說：『那你覺得怎麼樣？』我說，其中一次婚禮上有條狗。」

「那就是你去過的那次。我的第一次婚禮。你不記得你在艾比尼澤的脖子上繫了一個領結嗎？那是你的主意。」我牽著她的手臂，領她往電梯走。

「是的，我從一個美麗的花展上拿的，本來要在教堂裡布展，可是你和那個男人不願進教堂。沒有平地可站。你若是穿高跟鞋，那無論如何都沒地方可站，況且當時要下雨了。」

「那時大晴天。」

「我不記得。是外婆替你做的裙子嗎？」

「不是，她提出要替我做，但我穿了一條我們在倫敦買的裙子。」

「真是絕望[5]。她一定很傷心。」

---

4 這裡母親用的典故來自以艾洛斯（Eloise）為主角的系列童書，書中六歲的小女孩艾洛斯住在紐約城的廣場酒店（Plaza Hotel）頂層的房間裡。

5 母親第二次用到「desperate」一詞。

「她的關節炎那麼嚴重，她幾乎連筆都握不住，更別說是針了。」

「你一定傷了她的心。」

「好吧，媽，我們這樣是上不了車的。你有什麼計畫？」

「馬歇爾計畫[6]。」

「什麼？」

「馬歇爾計畫。我們那一代人不會嘲笑這個。」

「媽，我們最好再試試在檢票亭旁邊等的計畫。你根本不用跟那個人說話。你覺得怎麼樣？」

「如果我跟你上電梯，你反對嗎？」

「不，但是這次你說了要上來，就得上來。我們不能讓別人整天替我們開門。別人有他們要去的地方。」

「聽聽你說的這些！這些道理再明白不過了，我不知道你為什麼要說這些。」

她在查看她的小手提包。就在她的頭頂下方，我能透過她的頭髮看到她的頭皮。

「媽。」我說。

「好，好，來了，」她說，「我以為我帶了寫有那個髮型師名字的卡片。」

「是艾洛斯。」

「謝謝你，親愛的。你怎麼不早說？」

我打電話給我弟弟提姆。「她情況更糟了，」我說，「要是你想在她還多少能應付的時候來看她，我建議你現在就訂機票。」

「你不明白我的處境，」他說，「為了得到終身教職而戰，為了這篇論文要坐多少次飛機。」

「提姆，身為你姊姊，我說的不是你的問題，我在——」

「她的身體走下坡路已經有段時間。上帝保佑你照顧她！她是個了不起的女人。我把所有功勞都給你，你有耐心。」

「提姆，她一天天地衰弱。如果你還關心——如果你關心她，現在就來看她。」

「我們說實話好了：我沒那麼深的感情，我也不是她最喜歡的孩子。這就是勒內的問題：我有過很深的感情嗎？我是說，功勞！功勞歸於你！你知道媽媽和爸爸怎麼能合得來？他是隱士，她卻是交際花。她從不理解認真鑽研書本的人，對吧？她是這樣的吧？也許我是最後一個知道的。」

6 馬歇爾計畫（Marshall Plan），第二次世界大戰後美國宣布援助歐洲復興的計畫，一九四七年六月五日由美國國務卿馬歇爾（G. C. Marshall）在哈佛大學的演講中提出。

「提姆，我建議你聖誕節前來訪。」

「這聽起來有點過於不吉利。我可以這麼說嗎？在我結束無法向你轉述的一天，剛剛回到家時，你來電話告訴我——你已經說過很多次了——她快死了，或者徹底發瘋，然後你又說——」

「你保重，提姆。」我說著掛了電話。

我開車到我母親的公寓去消磨時間，她現在在弄頭髮。我進入客廳，發現花要澆水了。有兩盆花是新到的，是她住院進行腳部手術時朋友送來的：一盆矮生玉吊鐘，一盆小菊花。我沖洗了她早上可能用來喝咖啡的馬克杯，在龍頭下接滿水。我替花澆水，用馬克杯又接了兩次水。我的弟弟在俄亥俄州一所大學反覆思考著華茲華斯，而我已多年在維吉尼亞州這個我們長大的小鎮，看顧我們的母親。如他所言，功勞。

「好，」醫生說，「我們知道已是時候。對她來說，一個能滿足她需要的環境要好得多。我只是在說生活協助[7]。如果有用的話，我願意見她一面，跟她解釋，說情況已經發展到這一步，她需要一套更全面的支援體系。」

「她會說不要。」

「不管怎樣，」他說，「你和我都很清楚，如果家裡發生火災，她自己是無法設法逃出去。她吃飯嗎？我們現在無法肯定她吃，是不是？她需要維持卡路里的攝入量。我們想要讓她利用這些為她專門安排的資源，以最好的滿足她的需要。」

「她會說不要。」我又說。

「我能建議你讓提姆加入，作為支持體系的一部分嗎？」

「忘了他吧。他已經兩次沒通過終身教職評審了。」

「即使如此，如果你弟弟知道她不吃飯——」

「你知道她不吃飯嗎？」

「我們假定她不吃飯，」他說，「這是一發不可收拾的倒退。」

「假設我弟弟加入支持體系是不切實際的。你想讓我承認我母親很消瘦？好吧，她很瘦。」

「請你認同我的說法吧，不要——」

「為什麼？因為你是醫生？因為她在停車場的收費亭裡搗亂讓你很不高興？」

「你告訴我她拉了火警警報，」他說，「她已經失控！你應該面對現實。」

「我確定不了。」我說，聲音顫抖。

7 生活協助（assisted living），向需要一些日常生活照顧的老人提供住房和有限的照料的服務。

「但我能。我從小就認識你們。我記得你母親做的巧克力餅乾，我父親總是去你們家看她有沒有做那些該死的餅乾。我知道父母無法照顧自己的時候有多艱難。我父親那時住我家，唐娜如此無微不至地照顧他，我對她感激不盡，一直到他……一直到他去世。」

「提姆想叫我把她送進俄亥俄州一家便宜的養老院。」

「想都不要想。」

「對啊，她還沒有到需要去俄亥俄的地步。相反的，我們應該把她送進這裡的監獄。」

「監獄。你要是假裝我們有如漫畫裡的人物般的說話，那我們就無法嚴肅地討論問題。」我膝蓋蜷曲，抵住額頭，併攏雙腿，膝蓋骨緊緊頂住眼睛。

「我從米爾羅斯醫生那裡了解到你處境艱難。」心理治療師說。她的辦公室沒有窗戶，椅子風格不是很協調，反倒使人感覺愉快。「你為什麼不來找我？」

「是這樣，我母親一年前中風了。有些後遺症……不是說她以前沒有糊塗過，但是中風後，她以為我弟弟只有十歲。她有時還說些關於他的事，我聽不懂，除非我想起來她總是真的認為他才十歲。她還以為我六十歲了。我是說她認為我只比她小十四歲！還有，對她來說，這是我父親另有家庭的證據。我們這個家庭是後來建立的，我父親之前另有家室，而我是他第一段婚姻的孩子。我六十歲了，而她中風發作，倒在高爾夫球場上的時候只有七十四歲。」

心理治療師點著頭。

「我弟弟是四十四歲——就要四十五了——最近她說的都是這些。」

「你弟弟的年齡？」

「不，說她的發現。就是他們——你明白嗎，另一個妻子和孩子——是存在的。她認為她是由於太震驚才倒在第四洞。」

「你父母婚姻幸福嗎？」

「我給她看了我嬰兒時期的相冊，我說：『要是我是另一個家庭的小孩，那這是什麼？』她說：『是你父親的另一個詭計。』她用的就是這個詞。問題是，我不是六十歲。我到下星期才五十一。」

「有人完全依賴我們，這很不容易，是不是？」

「嗯，是啊。但都是因為她認為我父親以前還成過家，才讓自己那麼痛苦。」

「你認為你怎麼才能給你母親最好的照顧？」

「她可憐我！她真的可憐我！她說她見過他們每個人：一個兒子、一個女兒，還有一個女人，是他妻子，長得很像她，這似乎讓她很難過。哦，我猜這讓她很難過。當然，那不是真的，可我已經放棄跟她說清楚，因為在某種程度上，我覺得這在象徵意義上是很重要的。但需要思考她自己的想法，但我實在厭倦了她的想法。你明白我的意思嗎？」

「跟我說說你的事，」治療師說，「你一個人生活？」

「我？對，我離婚了。我沒跟我男朋友維克結婚，卻嫁給一個老朋友，這是個大錯誤。維克和我已談婚論嫁，可是我要照顧母親，麻煩不斷，我永遠無法給他足夠的關心。我們分手後，維克把所有時間都給了他祕書的狗，班德拉斯。假如說他為此傷心，那他也是在狗公園裡傷心。」

「你在『宇宙電腦』公司上班是嗎？這上面是這樣寫的。」

「是的。公司很關心員工的家庭。他們完全理解我要抽出時間為我母親做事。我以前在室內設計公司工作，現在還做些縫紉工作。我剛替朋友的三年級小學生班縫製了海星演出服。」

「傑克．米爾羅斯認為你母親如果申請生活協助，對她較好。」

「我知道，可是他不了解——他真的不了解——跟我母親商量事情是什麼情形。」

「如果真的跟你母親商量事情，最壞的可能是什麼？」

「最壞的？我母親能把任何話題轉移到那另一家庭上，無論我要說什麼，都會被扯進這團我無法認同的亂麻裡，就是我父親以前的人生。還有，你知道，她在談話中從不提我弟弟，因為她認為他才十歲。」

「你感到很挫敗。」

「除此以外我還能有什麼感覺？」

「你可以對自己說：『我母親中風了，她失智，我無法改變這一切。』」

「你不明白。我絕對必須承認另一家庭的存在，要是我不承認，我就完全失去可信性。」

治療師在椅子裡挪了挪。「我能提個建議嗎？」她說，「這是你母親的問題，不是你的。你母親因為中風而大腦受損，不明事理，你明白一些你母親弄不明白的道理。你會引導一個不知道怎樣應對這個世界的孩子，而你現在也面對著同樣的情況──不管你母親怎麼想的──你必須做對她最有益的事。」

「你需要休假，」傑克．米爾羅斯說，「如果我不是這週末值班，我會提議你跟唐娜和我一起去華盛頓看康克美術館的展覽，那些畫中人物都活過來了。」

「我很抱歉我一直在為此麻煩你。我知道我必須做決定。只是我回到橡樹醫院時，看到那個女人把巧克力泡芙抹在自己臉上──」

「很好玩。把這事想得好玩點。孩子會把一切弄得亂七八糟的，老人也是。還有一個老太婆把鼻子伸進糕點裡。」

「是啊。」我說著喝光杯中的琴湯尼。我們在他的後院。唐娜正在屋裡做她拿手的燉牛膝。「你知道嗎，我想問你一件事。有時她會用『不顧一切』[8]這個詞。她會在意想不到的時候使用。」

「是中風的關係。」他說。

「她是想描述自己的感覺嗎？」

「當這個詞說出來時就像是打嗝之類？」他拔出一棵野草。

「不是，她就是用這個詞而不是別的詞。」

他看著他揪起來的蒲公英長長的主根。「在南方，」他說，「這些東西的生長季長得恐怖。」他把它扔進一輛小推車，裡面堆著從園子裡耙出來的軟塌塌的東西。「我不顧一切[9]想清除蒲公英。」他說。

「不，她不會這麼用。她會說：『噢，你不顧一切地想請我吃飯。』」

「肯定會是這樣。你在電話裡沒有仔細的說明。」

「馬上就好！」唐娜從廚房窗戶裡喊道。傑克舉起一隻手表示感謝。他說：「唐娜正在做思想鬥爭，不知該不該告訴你，她看到維克和班德拉斯在狗公園附近打架。唐娜說，維克用棒球帽打班德拉斯的嘴，而班德拉斯擺出防禦姿勢，齜著牙。維克買的東西撒了一地。」

「真讓人吃驚。我以為班德拉斯不會犯錯。」

「嗯，事情總會變的。」

隔壁的院子裡，鄰居家的怪兒子面對街燈，用慢得讓人難以忍受的速度開始他沒完沒了的晚間拜日式[10]。

柯拉，我弟弟的朋友，半夜來電。我還醒著，在看《玩酷子弟》（*Igby Goes Down*）的錄影帶。蘇珊・莎蘭登飾演將要死去的母親，演技驚人。有三個朋友在我生日時送給我這部電影影帶。唯一一次有同樣情況發生是在很多年前，有四個朋友送了我瓊・狄迪恩[11]的小說《順其自然》。

「提姆認為他跟我應該分擔責任，讓媽媽到我們這裡來度假，我們十一月份可以，

8 這個詞原文為「desperate」，除了「絕望的」，還有「極需要的、嚴重的、孤注一擲的」等意思。文中「我」的母親因腦部損傷而不分語境錯誤地使用這個詞。

9 醫生也用了「desperate」一詞，但他用得合適。

10 拜日式，瑜伽常見的基本動作，源自古印度人對於太陽的朝拜。

11 瓊・狄迪恩（Joan Didion），美國當代文壇地位顯赫的作家，其小說《順其自然》（*Play It as It Lays*）曾入選《時代》雜誌百大英文小說。

那時學校放閱讀假，」柯拉說，「我會搬到提姆的公寓，如果不會讓媽媽覺得不舒服的話。」

「你們能這麼做真好，」我說，「不過你知道她認為提姆只有十歲吧？我不確定她會願意飛到俄亥俄州讓一個十歲的孩子照顧她。」

「什麼？」

「提姆沒跟你說嗎？他最近寫了一封信給她，她保存著，拿給我看提姆的書法有多好。」

「噢，等她到達這裡，就會看到提姆是成年人了。」

「她也許會覺得那是冒牌的提姆，或是別的什麼。她會跟你不停地說我們父親的第一個家庭。」

「我還有些安定文[12]，上次根管治療時配的。」柯拉說。

「好，你看——我不是想勸阻你。我只是不大確定她能單獨旅行。提姆考慮過開車來接她嗎？」

「哎呀！我外甥十一歲，他都自己來往西海岸好幾次了。」

「我想這可不是往她背包裡裝點速食，給她一本字謎書在飛機上看就行的事。」我說。

「哦，我不是要把你母親當小孩對待。恰好相反：我認為她要是知道我們懷疑她是否能獨力行事，她也許就真的應付不了了，但如果我們……」

「人們再也不把話說完了。」我說。

「哦，天哪，我可以說完，」柯拉說，「我的意思是，如果我們假定她能照顧她自己，她就能照顧自己。」

「一個嬰兒會因為我們假定他能照顧自己就真的能照顧自己嗎？」

「哦，我的天！」柯拉說，「現在幾點了？我以為是九點！已經過午夜了嗎？」

「十二點十五。」

「我的錶停了！我看了廚房的鐘，是十二點十分。」

我見過柯拉兩次：一次她幾乎重達兩百磅，另一次她在用阿金節食法減肥，一百四十磅。她到機場接我時，車裡有《新娘》雜誌。可在過去這一年裡，她的夢想還沒有實現。

「實在很抱歉。」柯拉說。

「聽我說，」我說，「我還沒睡。不必道歉。可是我覺得我們沒解決任何問題。」

12 Ativan，一種抗焦慮藥。

「我叫提姆明天打電話給你，真的很對不起！」

「柯拉，我說人們再也不把話說完並不是針對你。我自己也沒把話說完。」

「好，你保重！」她說完掛了電話。

「她在哪？」

「就在我的辦公室。她剛才在李公園的一條長凳上坐著。有人看到她和一個喝醉的女人說話——一個流浪者——就在警察到達前。那個女人把她從餐廳回收部搞來的玻璃瓶往雕像上砸。你母親說她在計分。女人贏了，雕像輸了。那個女人臉上都是血，所以後來有人通知警察。」

「她臉上都是血？」

「她扔完瓶子去撿玻璃的時候把手割傷。是另一個女人在流血。」

「哦，天啊，我母親沒事吧？」

「沒事，但是我們需要行動了。我與橡樹醫院通過電話。他們今天做不了什麼，不過明天可以安排她在一個半私人病房住上三晚。原本是不允許這麼做，不過你不用操心。相信我，只要她進去了，他們就能找到地方。」

「我馬上過去。」

「等等，」他說，「我們需要一個計畫。我不想讓她待在你那裡：我想讓她今晚就住進來，我要幫她做核磁共振。明天早上，如果沒問題，你就可以送她去橡樹醫院。」

「有必要讓她嚇得要死嗎？她為什麼非得住院？」

「她失智。就算你今天晚上不睡覺也於事無補。」

「我覺得我們應該——」

「你覺得你應該保護你母親，可那其實不可能，不是嗎？她是在李公園被人發現的。幸虧她的購物單（就在我眼前）上別著我和她美髮師的名片，待購物件包括復活節彩蛋和砒霜。」

「砒霜？她是要毒死自己嗎？」

那邊沉默了片刻。「我們就說她是吧，」他說，「為了說服你。好，現在來接她吧，我們開始行動。」

提姆和柯拉在一位太平紳士[13]的主持下，舉辦結婚手續，幾乎是「媽媽」在李公園裡追蹤瓶子的同時。他們在醫院病室裡跟唐娜·米爾羅斯會合，唐娜抱歉地低聲說她丈

13 太平紳士（justice of the peace），相當於公共治安官，其職責包括解決民事糾紛、維持治安等。

夫在「扮演醫生」，迴避探訪時間。

柯拉的婚禮花束插在我母親的水罐裡。提姆咔咔地打著響指，反覆清嗓。「他們看我一直坐在公園裡就不高興了。你能想像嗎？」我母親突然對著聚集一堂的人說，「你們覺得還要過很多這種絕望的[14]秋日嗎？」

第二天早上，只有提姆和我在場，我們準備讓母親坐他租來的汽車，送她去橡樹醫院。母親坐在前面，她的小手提包放在腿上，時不時說些不著邊際的話，我最後終於搞明白了，她把個性車牌[15]讀出聲。

在後座，我像遊客一樣觀察著這個小鎮。車太多了。車裡的人臉讓我吃驚：沒有一個二十歲以上的人表情平和，更不要說快樂。下巴突出的男人和使勁瞇眼的女人疾馳而過。我發現自己很納悶，為什麼沒有更多的人戴墨鏡，那樣不知是否會好些。我的思緒紛飛：在倫敦丟失的那副古馳墨鏡；有一次萬聖節我裝扮成骷髏。小時候，我在萬聖節扮過菲力克斯貓[16]，扮過蟋蟀吉米尼[17]（我還留著那根拐杖，常常誤以為是傘，把它從衣櫥裡抽出來），還扮過一顆番茄。

「你知道嗎？」我母親對我弟弟說，「你父親在遇到我們以前曾有個完整的家庭。他從來沒有提過他們。那不是很無情嗎？要是我們認識他們，我們也許會喜歡他們；要是他們認識我們，也許也會喜歡我們。我說這些時你姊姊很不開心，但是你們現在讀到的一切都表明，如果兩家人見面會更好。在第一個家庭裡，你有個十歲的弟弟。你年紀這麼大了，不會再嫉妒一個孩子，對嗎？所以你們沒有理由相處不好。」

「媽。」他呼吸急促地說。

「你姊姊每次見我都跟我說她五十一歲了。她總是想著年齡問題。跟老人走得太近就會這樣。我老了，不過我忘了這麼去想自己。你姊姊現在就在後座想著生死之事，你記著我的話。」

我弟弟緊緊握著方向盤，指關節都發白了。

「我們要去髮型師那嗎？」她突然問。她輕輕拍拍後頸，手指上移，直到碰到小小的髮捲。提姆意識到我不打算回答，他說：「你的頭髮很好看，媽，不用擔心。」

「那好，我有約會的時候總是準時到。」她說。

我想，真奇怪，我從來都沒扮過埃及豔后，或者芭蕾女伶。我居然想扮成番茄，我是有什麼毛病？

14　此處母親又不分語境地用了「desperate」一詞來形容秋日。
15　車主通過支付額外的費用定製的車牌，車牌上的字母與數字由車主自行選擇，多為短語、標語等。
16　默片時代最著名的卡通形象，是一隻笑容燦爛的擬人化的黑貓。
17　迪士尼動畫片《木偶奇遇記》裡的人物，被仙女指派為陪伴匹諾曹的「良心」。

「媽，萬聖節的時候，我曾經扮過女孩的樣子嗎？」

在後視鏡中，我弟弟把目光投向我。那一刻，我記起了維克的眼睛，他在後視鏡裡看我的反應，那些日子我讓母親坐前面，他們倆說話更方便。

「嗯，」我母親說，「我記得有一年你想扮成護士，可是喬安娜・威洛比打算扮成護士。我當時在超市，威洛比太太在那擺弄那件我們前一晚考慮過的演出服。我應該更有決斷。我想那就是你成年以後變得衝動的原因。」

「你覺得我衝動？我以為自己是做事從不出人意料的人。」

「我可不這麼認為，」我母親說，「看看你幾乎都不了解那個男人就嫁給他。第一任丈夫。然後你又跟那個高中就認識的人結婚。我覺得很奇怪，你是不是遺傳了你父親反覆無常的秉性。」

「咱們別吵了。」我弟弟說。

「如果我告訴別人的母親，我的兩個孩子結婚都沒有邀請我參加婚禮，你們說人家會怎麼想？我想有些人會認為那說明了我有問題。也許是我有缺陷，讓你父親覺得我們是退而求其次的選擇。提姆，男人跟男人之間會說一些事。你父親跟你講過另一個家庭嗎？」

提姆捏緊方向盤，沒有回答。我們的母親拍拍他的手臂。她說：「提姆有一年想扮成愛德格．伯根[18]。你記得嗎？可是你父親指出，這樣的話我們就得買一個昂貴的查理．麥卡錫玩偶，而他不打算買。我們哪知道他還有一大家子要供養。」

橡樹醫院的每個人都被正式地稱為「夫人」。你可以看出護士真正喜歡的人是誰，因為他們會用不那麼正式的頭銜稱她為「女士」。

班克斯女士是我母親的室友。她一頭純白的銀髮，這讓她看起來像一隻奇異的鳥。她九十九歲了。

「今天是萬聖節，我知道，」我母親說，「我們要開晚會嗎？」

護士笑了。「不管是不是特殊的日子，我們總會有個很棒的日間加餐。」她說，「我們希望家人也能加入。」

「到晚飯時間了嗎？」班克斯女士問。

「不，女士，現在才早上十點，」護士大聲說，「不過我們要來接你去享用日間加餐了，就像往常一樣。」

「哦，天啊，」提姆說，「我們現在怎麼辦？」

18 愛德格．伯根（Edgar Bergen，1903-1978），美國知名藝人，口技表演家。他手中的玩偶名叫查理．麥卡錫。

護士皺起眉頭。「您說什麼？」她問。

「我以為米爾羅斯大夫會在這裡。」他邊說邊環顧房間，彷彿傑克．米爾羅斯會藏在某處。這不可能，除非他把自己夾在房間一角的桌子後面，那張桌子放置的角度有點怪。護士順著他的視線看去，說：「班克斯女士的姪子按風水布置了她那一半房間。」

離門最近的地方——我們這一半的房間裡——有件白色的柳條家具。三隻粉色小熊在天花板通風口掛著的一個活動裝飾物上搖來晃去。布告牌上有張嬰兒彩色照片，咧開只有一顆牙的嘴笑著。我們的母親坐進一把黃色椅子，看起來很小。她打量著每個人，一言不發。

「請問現在簽文件方便嗎？」護士問。這是她第二次問起——兩次都是問我弟弟，不是我。

「哦，我的天啊，」他說，「怎麼會是這樣？」他不大舒服。

「我們出去吧，讓女士們互相認識一下。」護士說著拉著他的手臂，帶他出門。「我們不想表示反對。」我聽見她說。

我坐在母親的床上。母親呆呆地望著我，好像在這個環境中，她不認識我了。最後，她說：「那是誰的希臘漁夫帽？」

她指著我放在床上的索尼隨身聽，還有一個放過夜衣物的袋子和幾本雜誌。

「那是音樂播放器，媽。」

「不，不是，」她說，「是希臘漁夫帽。」

我把隨身聽拿起來遞給她。我按下「播放」鍵，從懸著的耳機裡可以聽到音樂聲。我們倆都盯著看，好像它是世界上最奇妙的東西。我把音量調低，把耳機戴在她頭上。她閉上眼睛。最終，她說：「這表示萬聖節晚會開始了嗎？」

「是我誤導你，說起萬聖節，」我說，「今天只是十一月初的一天。」

「接下來就是感恩節了。」她說著睜開了眼睛。

「我想是的。」我說。我注意到班克斯女士的頭往前傾著。

「那邊那個東西是火雞嗎？」我母親指著她說。

「那是你室友。」

「我開玩笑的。」她說。

我鬆開拳頭的時候才意識到我剛才一直握緊拳頭。我試著微笑，卻無法揚起嘴角。

我母親擺弄著脖子上的耳機，好像那是聽診器。「要是那一次我讓你遂了心意，也許今天我就有自己的私人護士了。可能我還是不夠聰明。」

「這只是暫時的。」我撒謊了。

「嗯，我不願在進墳墓前想著你因為我無法控制的事而責怪我。你父親完全有可能是個重婚者。我母親曾叫我不要嫁他。」

「外婆叫你不要嫁給爸爸？」

「她是個狡猾的老狐狸。她聞出他的味。」

「可是他從沒做過你指責他的事。他戰後歸來就娶了你，你生下我們。也許是我們長大得太快還是怎麼的，讓你糊塗了。我不想提自己的年齡讓你生氣，但也許早已知道，成為一家人那麼多年就像漫長的萬聖節：我們扮成小孩子，然後我們穿不上演出服，我們長大了。」

她看看我。「這說得有點意思。」她說。

「至於另一個家庭——也許就像是那個夢到自己是蝴蝶的人，或者是夢到自己是個人的蝴蝶，兩者混為一體。也許你中風以後糊塗了，或者是你做過那樣的夢，感覺是真的，就像夢境有時揮之不去。也許你不明白我們怎麼都老了，所以你把我們重新想像成年輕人。可不知怎麼的，提姆在時光中停滯不前。你說過另一個妻子長得像你。嗯，也許她就是你。」

「我不知道，」母親慢慢地說，「我想你父親總是被同一種女人吸引。」

「可是誰也沒有見過這些人。沒有結婚證書。他跟你結婚都五十年了。你不認為我的說法是更可信的解釋嗎？」

「你確實讓我想到那個偵探，孤注一擲的[19]梅森。你有了點子，然後眼睛瞪得好大，就像他那樣。我覺得你都要站到證人席上了。」

傑克．米爾羅斯脖子上圍著一條毛巾，出現在走道上。「你們花一百萬年都不會猜到我為什麼遲到，」他說，「一輛卡車掉了一個輪子，把我的車撞下公路，撞到池塘裡。我只能從窗戶裡爬出來，蹚水走回公路。」

他身後出現一名護士，拿來更多毛巾和一些乾衣服。

「也許只是外面下雨，可是他覺得自己掉進一個池塘。」我母親說，對我眨眨眼。

「你明白了！」我說。

「每個人都有自己虛構的小故事，」我母親說，「如果不讓說故事的人虛構點什麼，孩子們就沒書看了，給大人看的書也會少得可憐。」

「媽！完全正確。」

「請原諒，我去一下洗手間，換衣服。」

「哄哄他，」母親用手捂著嘴小聲對我說，「等傑克出來的時候，他會以為自己是醫生，而你我都知道，傑克只是希望去上醫學院。」

19 母親又用了「desperate」一詞。

你以為你很清楚所面對的問題，到頭來卻發現另有一個完全出乎意料的問題。

提姆消失了，近一個小時以後才出現，這在護士中引起不小的騷動和混亂。傑克．米爾羅斯於是做出重要的結論：提姆不夠成熟，不負責任，他說。這個問題很可能比任何人想像的都要嚴重得多。我母親俏皮地暗示，提姆決定掉進一個兔子洞，進行一場冒險。她洋洋得意地笑著說：「兔子洞是一種更可信的解釋。」

母親躺在床上，網球鞋整齊地擺在地板上。她說：「他一向逃避困難。看看你和傑克，你們臉上震驚的表情！梅森先生會找到他的。」她加了一句，然後閉上眼睛。

「你明白了吧？」傑克．米爾羅斯低聲說著把我帶出房間，「她適應得很棒。這完全不是個糟糕的地方，對吧？」他自問自答道：「對，不是。」

「卡車是怎麼回事？」我問。

「司機道歉。他站在路肩上打手機。三輛警車幾乎三秒後就到了。我指指我的馬里蘭州車牌，就脫身離開。」

「提姆告訴你他剛結婚了嗎？」

「我聽說了。探訪時間，他妻子把唐娜拉到一邊，告訴她這個好消息，說我們千萬不要看低他，因為他已經做好準備，心甘情願，也有能力——她就是這麼跟唐娜說的

——為他母親的安康負責任。今天早上你離開以後她還去了醫院，引起一陣小小的騷動，因為他們把她的婚禮捧花扔掉了。」

第二天早上的電話令人很意外。提姆似乎是在念稿子，像個電話推銷員般：「我們的關係大概緊張到無可救藥。我在護士那裡看到你在一張表格上添加我的個人資訊，顯然是你跟你的醫生朋友串通，在某處填好表格。我這才意識到你又再次居高臨下，令我蒙羞。我很受傷，看到你把我們倆的名字都寫在『緊急聯絡人』的位置，可後來卻又用一張便利貼加上：『先打電話給我。他很難聯繫。』你怎麼知道？你怎麼知道我的教學日程？你從來都沒有絲毫興趣去了解。你怎麼知道我早上幾點離家，晚上幾點回來？你總想搶先一步。我還私下認為是你同意他們把我妻子的捧花扔掉的，那是借給媽媽的。你去吧，去批准一切吧。給她施行安樂死，如果那就是你想要的，看看我是否在乎。你發現你都不願意花一秒鐘做個樣子來祝賀我跟我妻子嗎？如果你對我沒有尊重，起碼對我妻子你應該有一丁點尊重吧。」

當然，他不知道我這麼回應是開玩笑：「不，謝謝。我對我的 AT&T 服務很滿意。」

他摔了電話，我考慮回到床上，蜷成胎兒的姿勢，可是同時又意識到我再也不能耽誤一天的工作了。我走進浴室，穿著維克的舊浴袍，那是我搭在門背後的。我沖了澡，刷了牙。我打電話給橡樹醫院，問我母親是否一覺到天亮。是的，她現在在玩賓果遊戲。我飛快地穿好衣服，梳了頭，拿上包包和鑰匙，打開前門。欄杆上斜靠著一個聯邦快遞的信封，上面寫著柯拉的名字和退信地址。我退後一步，走進屋，打開信封。裡面是個封口的信封，上面寫著我的名字。我呆呆地看著信封。

電話響了。是瑪麗亞．羅伯茲，維吉尼亞州二〇〇三年度的三年級優秀教師，她打電話說她很不好意思，可是有人向她指出，孩子們打扮成海星和海馬在掛網前跳舞，代表瀕危物種，或是常「被收集」或「被捕食」的物種。她說她會把材料錢給我，但是不需要我做海星演出服了。我從臥室往外看，椅子上堆著帶尖角的演出服，只有最上面那件還要縫拉鍊。它們突然顯得悲哀——洩氣，還有點可笑。我無言以對，驚訝地發現自己百感交集，說不出話來。「別擔心，」最終我說，「整個節目都被取消了嗎？」「要重新設計，」她說，「我們想要一些富有力量的海洋動物。」「梭子魚？」我說。「我會跟他們提。」她說。

我們掛了電話，我繼續查看封口的信封。然後我拿起電話撥號。讓我吃驚的是，電話響第二聲時維克就接了。

「哎，我一直在想你，」他說，「真的。我正要打電話給你，問問你怎麼樣。你母親好嗎？」

「還好，」我說，「有件事讓我有點心煩。我能很快地問你一個問題嗎？」

「問吧。」

「唐娜．米爾羅斯說她看到你跟班德拉斯在打架。」

「是的。」他警惕地說。

「這不關我的事，可這是怎麼搞的？」

「牠跳上車，爪子刮掉漆。」

「你說過牠是世界上最訓練有素的狗。」

「我知道。牠總是等我打開車門，可是那天，你說說看是怎麼回事，牠跳起來使勁抓車子。如果牠是被什麼嚇到，我還能原諒牠，可是那裡沒人。然後我剛打了牠一下，某人就從凌志車裡出來，除了唐娜．米爾羅斯還能有誰？接著我的購物袋突然脫手，裂開……所有東西都朝她滾過去，她腳上那只昂貴的鞋尖一轉，擋住一顆橘子。」

「我無法相信你和班德拉斯會出這種事。打破我所有預想。」

「事情就是這樣。」他說。

「謝謝提供信息。」

「哎，等等。我真的準備打電話給你。我本來要說也許我們可以碰面，帶你母親去那家義大利餐館吃飯。」

「很好，」我說，「不過我想算了。」

有一刻沉默。

「再見，維克。」我說。

「等一下，」他飛快地說，「你打電話來真的是問狗嗎？」

「嗯。要知道，你總是說到牠。牠曾是我們生活中重要的一部分。」

「我和我的祕書之間過去沒有，現在也沒有任何關係，如果你想的是這個，」他說，「她跟一個在巴爾的摩工作的傢伙約會。我做了一個夢，夢見她會嫁給他，把狗留下，因為那人養貓。」

「我希望那真的會發生。我得去上班了。」

「要不喝杯咖啡？」他說。

「好，」我說，「回頭聊。」

「現在就喝咖啡不行嗎？」

「你沒有工作嗎？」

「我以為我們還會是朋友。這不是你的想法嗎？你把我甩了，因為我比你小十歲，因為你年齡歧視，但是我們還是可以做好朋友，你甚至還可以跟別人結婚，我們還是朋友，可你從不打電話，好不容易來電問的卻是一條你還沒見過就不喜歡的狗，因為你是個愛嫉妒的女人。你可以喜歡或者不喜歡別人的小孩，同樣，我就是喜歡那條狗。」

「你愛那條狗。」

「好吧，就算我對『愛』這字用得有點謹慎。要是你現在沒空，我今晚能過來喝杯咖啡嗎？」

「除非你先答應幫我一個忙。」

「我答應幫忙。」

「你不想知道是什麼忙嗎？」

「不。」

「需要一項你很少使用的技術。」

「性？」

「不，不是性。剪紙。」

「你要我剪什麼你自己無法剪的東西？」

「我弟媳的一封信。」

「你沒有弟媳。等等，你弟弟結婚了？讓人吃驚。我以為他對女人沒什麼興趣。」

「你以為提姆是同性戀？」

「我沒那麼說。我一直認為那傢伙厭惡人類。我只是說我很吃驚。你幹麼不自己把信撕開？」

「維克，別那麼遲鈍。我想讓你把它剪成一個花樣。我想讓你把一個我完全確定是糟糕的東西變形。你知道——就是那種你祖母教你的手藝。」

「哦，」他說，「你是說，像籬笆和葡萄架？」

「嗯，我不知道。不一定非得是那樣。」

「我很久沒練習了，」他說，「你有什麼具體的想法嗎？」

「我還沒讀信，」我說，「但我想我知道內容。剪一個穿心的骷髏怎麼樣？」

「恐怕我祖母的興趣是風景畫。」

「我保證你能剪。」

「帆船破浪而行？」

「還是我的主意好點。」

「可那不是我的專長。」

「告訴我實話，」我說，「我能應付。你買那些吃的是要給那個女人煮晚飯嗎？」

「不，」他說，「還有，記住，是你甩了我，事情以你嫁給一個笨蛋收場，所以，我有權做我想做的事。現在你又打電話，要我剪一個屍體，心臟穿了根棍子，因為你也不喜歡你的新弟媳。問問你自己：你這個人真的很正常嗎？」

班德拉斯差點把我撞翻，接著牠開始嗅探，把阿富汗毛毯從沙發上扯下。牠撕扯著毛毯一角，好似那是一團腐肉。牠噴著鼻息站起來，朝臥室衝去。

「這就是那封信？」維克說著一把抓起桌子中央的信。他把信撕開。「親愛的大姑。」他讀了起來。我衝向他，他把信舉過頭頂。他鬍子雜亂，看起來真不像他，我發現我認不出他穿的那件襯衫時心裡一陣刺痛。他重新開始念了：「親愛的大姑，」他身轉，信紙緊緊夾在他手裡，「我知道提姆會跟你談話，但是我個人想寫封短信給你。我想各家都有差異，但每個人的觀點很重要。我非常想——」他又轉身，這次班德拉斯衝進戰局，用後腿直立，好像牠也想要那封信。

「讓狗吃掉！要是你一定要大聲讀出來還是讓狗吃了吧！」我說。

「——邀請你參加感恩節晚餐，還想把我們的旅客累計里程數給你一些，如果你用得上的話（不過節日期間可能停用）。」

維克看著我。「你不為自己對這個女人的反應感到難為情嗎？你不難為情嗎？」

狗撲進阿富汗毛毯，又開始翻滾，爪子鉤住織物。維克和我面對面站著。我喘著氣，吃驚得說不出話來。

「請原諒提姆在我到橡樹醫院門口的時候消失。我到那想看看能幫上什麼忙。他說看到我的臉，他意識到自己獲得新的力量。」維克歎了口氣，說：「這正是我所害怕的——跟你弟弟一樣瘋狂的新時代一族。『我確信你明白，我很高興了解了在這種考驗人的時候我能幫到提姆。我們必須把過去拋諸腦後，慶祝我們自己的感恩節（我們的婚禮），我也確信如果我們走到一起，一切問題都能解決。愛你的弟媳，柯拉。」

眼淚在我眼中打轉。阿富汗毛毯需要大修了。維克把他最好的朋友帶到我家來毀掉了毛毯，而他要做的只是把那張紙舉過頭頂，猶如剛剛贏了一座獎盃般。

「我今天下午練習過了，」他最終垂下手臂說，「我可以剪一輛火車開過山洞，或是上面棲著一隻蝴蝶的玫瑰花冠。」

「好極了，」我坐在地板上，不讓眼淚流下來，「蝴蝶可能夢到自己是一個人，或者人可能夢到他是……」我改了我本來要說的詞：「或者人夢到自己很絕望。」

維克沒聽見我的話，他忙著讓班德拉斯放下牠撕扯的一套海星演出服。

「為什麼你認為可以成功？」我對維克說，「我們倆一直都不適合彼此。我五十多歲了。這會是我第三次婚姻。」

他小心翼翼地摺好信，對摺一次，對摺兩次。他把剪刀從小塑膠套裡抽出來，用他的粗手指笨拙地翻弄著。他眉頭深蹙，集中精神，開始剪紙。最終，從那乾脆俐落的剪紙動作，我看出他決定了火車的主題。他剪開空氣，一團蒸氣躍然而現，他說：「那讓我們慢慢來吧。你可以邀請我跟你一起過感恩節。」

（二〇〇四年四月十二日）

頂蓋石

凱希爾——在這個緬因州小鎮，認識他的人都叫他凱希爾醫生——做了一個決定，他那個四面裝了紗窗的門廊應當重新裝修。把現在的門廊設計成冬天用的不是更好嗎？在最那端加一扇門，通往一個新的小門廊，和原本成直角。這樣，冬天的時候，他就可以端著新煮的咖啡和維生素飲料（他願意不辭辛勞去沖泡的那些早上），走出廚房，在帶暖氣的密閉門廊裡欣賞遲開的花。夏天，他可以搭起一張臨時書桌——或者只是一張牌桌——而不必擔心雨水淋濕他的文件。那麼多文件工作！他妻子芭芭拉過去包攬了大部分工作，但她已經去世八年多，現在除了他的會計幫他處理的部分，還有他偶爾會諮詢他的房客馬特某個問題，其餘的都是他自己處理，沒有一丁點內容和醫藥有關。

馬特住在凱希爾翻修過的穀倉裡。他三十二歲，已經離婚一次（二十四歲時）和第二任妻子亡故——她在加拿大划輕艇時被一根低垂的樹枝撞到，溺水身亡。過去這一年，凱希爾有幾次發現馬特帶女人回家，也發現那個女人——或那幾個女人——幾乎總是當天晚上離開。有一次，他禁不住勸，跟馬特和一個叫里歐拉的女人玩了一局槌球，不過馬特有客人的時候他通常會迴避，他覺得有女人在場時，馬特會變得煩躁而沉默，好像他還在經歷青春期的折磨。可是馬特——馬特才是他最關心的人。凱希爾雖有此心，但還是明智地不常請他這位房客兼朋友吃晚餐，因為這個男人需要自由。如果芭芭拉還在世，如果馬特的妻子沒死，馬特無疑會住在別的地方，凱希爾也會去關心一些更有趣的事。只是退休以後，他的世界收縮了。

現在，凱希爾正在跟馬特戲稱為「你明白我的意思吧」的男人說話，頭髮永遠是風飄式的高個子木匠，他最近在凱希爾的建議下切除鼻子側面的一個皮膚瘤，凱希爾確信那是癌變。他的真名是羅迪·佩楚斯基。羅迪正企圖壓平他因為靜電而豎起來的頭髮，凱希爾聽他談論著經加壓處理的木材：「你自己也知道，醫生，這些東西會過濾到環境中。一不留神，肺就成了瑞士乳酪，你明白我的意思吧？這種基改玉米，歐洲人不想跟它有一點關係。可我們呢？我們總是樂觀主義者。你也許讀過關於被餵食這種玉米的老鼠腎臟都衰竭了吧？我是在一個醫生辦公室裡的雜誌上讀到的——沒有不敬之意。我的建議是用最好的密封膠來密封這些經加壓處理的木材，即使是那樣，你也不想光著腳在上面走，你明白我的意思吧？」

「鋪地板的問題，你覺得怎麼好就怎麼做，羅迪。」凱希爾說。

「不能讓我來！永遠要讓顧客決定！」

「嗯，我當然同意你跟我說的這些，我們就按你說的著手開始吧。」

「這樣最好，醫生。這就是你想要的方向。」

遠處，一隻紅衣鳳頭鳥在樹枝上嘰嘰喳喳地叫。如果凱希爾手裡有望遠鏡，他就會拿起來觀看——他喜歡紅衣鳳頭鳥——可惜牠們在後門廊上，這個後門廊要被改裝成廚房外的暖氣室。馬特一定在家，凱希爾心想，因為他隱約聽到米克．傑格的歌聲。那鳥一定也聽到音樂，因為牠突然飛走了，只在門廊上停了一秒，查看一下門廊裡的動靜。

一個被凱希爾和馬特戲稱為「你沒有選擇」的男人幾天前曾經來訪。他從市政廳趕來通知凱希爾，他的地產上有一面牆需要修繕，這面牆環繞著一個可追溯到十九世紀的四塊墓碑的墓地，身為業主，凱希爾必須負責修繕，他沒有選擇。冬天經常有霜凍，那人解釋，春天雨水又格外多，這些情況都加速牆面的惡化。凱希爾被告知，牆體四周六英尺之外才允許有「植被」（他沒有選擇），而且重修時不能使用砂漿。「我剛才看了一下，醫生，我看差不多只是換幾塊頂蓋石。」那個人說，一隻手上上下下移動，指示峰頂和谷底。「還有——提醒你——一切都得用手來做。」他遞給凱希爾一張便利貼，上面用鉛筆寫著「緊急維修墓地牆 7／16」，然後像在跟英國女王告別般邊點頭邊退後。

凱希爾明白這些事，要不然他會以為被人捉弄了。男人爬進卡車，開走了，音樂很吵。柴可夫斯基的樂音像鹽酸般腐蝕著空氣。

這場遭遇後，凱希爾直接去找馬特。他敲門進屋，發現他正盯著一幅水果盤的新油畫。馬特的靜物畫常常包含一些非同尋常的物件，因而顯得別具一格——塑膠犀牛，單只串珠耳環，旁邊躺著一個戴安娜王妃的小塑像。凱希爾沒在馬特桌上看到啤酒瓶便放心了。白天喝酒是新情況，也不是好兆頭。繪畫課——當然無害，無疑也很有趣，不過他以為孤獨作畫是重新投入這個世界的方式嗎？在他看來，馬特從他妻子的保險公司拿到的錢太多了。凱希爾的穀倉裡住著一個百萬富翁，根據不同場合為他出任修理工、喜劇演員、鏟雪工，有時是私人司機。他喜歡馬特，他依賴他。用個俗套的說法，馬特是他從未有過的兒子，不過他的女兒喬伊絲也夠像兒子的：她無視他嚴重警告，多年來一直服用類固醇，舉重。她母親去世那年，她來到東部，幫他砍掉房子周圍的枯樹，鋸成木塊，堆成柴堆。她的腳有十一碼[1]，塞在男式工作靴裡。她的手臂上有個國旗紋身，國旗下伏著一條長滿刺的蜥蜴，伸出長長的舌頭捕食昆蟲。馬特似乎也替喬伊絲取外號，但是他的修養讓他對此保持沉默。

凱希爾審視著馬特那幅奇怪的畫，稱它「有進步」。他簡略抱怨「你沒有選擇」的來訪，由此引發對於新英格蘭人自以為是的負面概括——凱希爾就知道會這樣。

在回家的路上，凱希爾查看了一下墓地。他之前沒有注意到那裡的牆需要修繕，也沒有想到會有人告訴他修牆是他的義務。墓地裡有兩個孩子的墓，一個三歲，一個十一個月，墓碑上的刻字大多滿是青苔。他們的母親在二十三歲死亡，父親七十一歲——長壽善終。沒有標誌另一段婚姻的碑石。附近開滿粉色和白色的福祿考花，有時——很難得，但是有時——凱希爾會剪下幾株，把它們插進他妻子的水晶花瓶，以紀念她持家有方。

那天下午，拿破崙來看他，拿破崙是鄰居家的巴吉度獵犬。牠得到一塊鹹餅乾作為獎勵——雖然凱希爾知道這樣不好。凱希爾翻看著一本《科學新聞》雜誌，一個多小時後，他終於帶著巴吉度獵犬去路上散步。在危險的十字路口，他抱起牠，然後走過四座房子，在布瑞茲家看到她的車不在，後門沒有上栓。他帶著狗進了後院，然後把門關緊。

「你沒有選擇」到訪後約一星期，行政執法處來了一封信，通知「業主凱希爾」違反一批有連字號的數字[2]。他非常生氣，幾乎看不清信上寫什麼。「你沒有選擇」告訴他，他還有三十天可修繕墓牆。不過，泡完一杯茶，平靜下來後，他穿上工作服，大步走進

1 美式女鞋的十一碼相當於歐規的四十四碼，差不多有二十八公分長。
2 有連字號的數字代表各種條款。

墓地。他帶著工具箱，儘管不知道為何要帶，因為那些工作似乎最適合動手處理。他看到工具箱裡有副勞動手套，就戴上手套，開始更換掉下來的石塊。有些石塊不見了，可是去哪了？一定是馬特放到乾草堆裡，堆在什麼地方。可是他早上已經打擾過馬特，所以決定去別處找他需要的那幾塊石頭。他摘下手套扔回工具箱，這時，不知從哪裡飛來一隻黃蜂，像一架隱形戰鬥機。黃蜂螫了他一下。他手痛苦地伸向一邊，抽搐著，擠壓著自己的手腕。回到屋裡，他把小蘇打和水在茶杯裡混合成糊狀，塗在手上，然後吞下一粒抗組織胺藥，以防萬一。

藥效發作後，他上樓躺下。幾個小時後他醒了，覺得很吃驚。他進浴室，脫掉衣服，打開淋浴，然後踩進浴盆，抓住噴頭柄。剛剛發生的倒楣事，他妻子會怎麼評論？說他不知怎麼招來黃蜂？芭芭拉有很多美好的特質，唯獨不會在他受傷時大發慈悲。他猜，她發現他是凡人以後，可能被嚇到了。她說過很多次，不過是半開玩笑的，說她嫁了一個她以為能好好照顧她的男人。

他拿他最喜歡的那條毛巾擦乾身子，把它搭在淋浴間門上，然後下樓，又泡了一杯茶。不去碰手腕的話，已經不疼。拿破崙安靜地站在門廊門口。這狗穿越九十一號公路時會被碾死的。布瑞茲難道不管？他打開門，巴吉度獵犬撲進來，嘴裡咬著東西。是一隻死花栗鼠。拿破崙把脖子被咬得血跡斑斑的花栗鼠擱在凱希爾腳邊，期待地抬頭看著他。

「醫師也許五點左右能來處理，」凱希爾低頭望著那東西說，「可是你知道，醫師很忙的。」

狗一個字也不明白。凱希爾心軟了。「好孩子。」他對狗說。狗用力搖著尾巴，用鼻子拱花栗鼠，然後又抬起頭期待更多的贊許。這會讓他妻子尖叫。凱希爾拍拍狗的頭，不讓牠碰這隻死花栗鼠，然後捏著花栗鼠的尾巴，把它撿起來扔進垃圾筒。這意味著他需要馬上把垃圾拿出去，不過關係不大。他把手洗乾淨。這麼多年來他都仔細洗手，用刷子在未長出的指甲下面擦洗——哦，好一雙寶貴的手。現在有幾根手指上長出一點指甲，這讓他有種驕傲感。他從沒跟人說過這麼可笑的事，但真的是這樣：他喜歡留指甲。「我們是兩個很氣派的紳士，是不是？」他對狗說。疑問句總是會讓狗瘋狂地搖尾巴。「不過可能回家的時候到了——你說呢？」他看著冰箱上貼的電話號碼表，心裡突然湧上一股怒氣：他要打電話給布瑞茲，這一次她可以走過來接狗，護送服務他幹夠了。他撥了她的號碼。電話上方掛著一幅他一直很喜愛的蝕刻版畫，在辦公室私人區域的書桌上方他也掛了這幅：林布蘭的〈亞伯拉罕的祭獻〉，天使的雙手如此精緻，如此輕盈。「是布瑞茲嗎？」他聽到她的聲音後說，「拿破崙在我這，我想牠該回家了，能麻煩你過來接嗎？」

「對不起。牠又跑走了？」布瑞茲問，「自從我開始在奧羅諾上課，就無法讓牠留在院子裡。另一方面，牠就是喜歡你。很難把牠關在柵欄後面。」

「我注意到了。牠會被車撞到的，布瑞茲，那樣的話你永遠也不會原諒自己。你得把那個門閂修一修了。」

他看著狗，狗聞垃圾筒。太高了，牠鼻子無法伸進去。

「當然，」她說，「我打算問問五金店的艾德怎麼修門閂。明天就問。」

「他們今晚營業到九點。」他說。

「莫迪！不要再微妙地暗示了！」她叫道，「我今晚累壞了，如果你一定要知道原因，就是我父親找不到他的眼鏡和假牙，他感冒很厲害，所以情緒糟透了。護士今晚也沒來。」

「這一行有很多兼職的，」他說，「所以不是很可靠。」

「嗯，莫迪，也許是那樣，可是我還有什麼選擇嗎？如果親愛的芭芭拉還在，我起碼還能得到一個擁抱。」

布瑞茲是他妻子生前最好的朋友。芭芭拉給了她無限同情——特別是她父親搬到她家以後。布瑞茲是芭芭拉願意留在緬因州過冬的原因之一，而那卻成了她生命中最後一個冬天。他們掛了電話以後，布瑞茲都沒出現，他懷疑她根本不會來了。他在客廳閱讀

《建築如何學習》，腳伸直擱在腳凳上，狗蜷在身邊。最終，她來了。

「莫迪，希望我提到芭芭拉不會讓你難過。」她沒打招呼，卻冒出這句話。狗站了起來，抖抖身子，緩步向她走去。她彎下腰摸摸牠側身。「你又跑走了。」她說，「拿破崙又跑走了嗎？」

「下次就要流放到厄爾巴島[3]了。」凱希爾說。

「我去過五金店了。艾德今晚不在，不過我留了字條，說我來過，有緊急情況。我們會解決這個問題，不是嗎？」她對狗發出童音。然後轉向凱希爾。「莫迪，我覺得有時說到某些問題時，你不……不知道……你不贊成我說的。我不想說我去五金店就該得到一枚金質獎章，但我的確照你說的去了。」

「我害怕狗會被車撞到，布瑞茲。」他說，帶著醫生做出負面診斷時那種沉著的同情。他聽到自己的聲音太低，語氣轉柔和些。「今天就是事太多了。」他站著說。布瑞茲——她得到這個外號[4]是因為她喜歡說話——顯然希望他能請她坐下來喝杯茶。但是這一天夠糟了——頤指氣使的來信、黃蜂——他意識到他早餐以後就什麼都沒吃。他輕輕拍拍布瑞茲的肩膀，好像她是被他溫和地領出門的病人。在前門門廊，她轉過身來對

3 義大利西部的島嶼，一八一四年拿破崙被迫退位後被流放於此。

4 布瑞茲，英文為「Breezy」，有「多嘴、談笑風生」的意思。

著他，說：「我知道你非常想念她，莫迪，我也是，我每一天都在想。」然後她離開，走下台階，沿著彎彎曲曲的小路沒入黑夜，拿破崙——取這名字是因為牠不愛啃骨頭，卻喜歡撕開骨頭（他知道布瑞茲父親唯一一個有創意的想法）——被皮帶牽著，小步跟上，沒有回頭。

凱希爾走進廚房，從冰箱裡拿出一塊肉餡餅，放進烤盤，再把烤箱溫度調到華氏四百五十度。儘管烤箱還沒有升到合適的溫度，他還是把晚飯放進去。前門又傳來一陣敲門聲：肯定是布瑞茲，有什麼事又回來了。

凱希爾走到門口，打開門。一個年輕女孩站在那裡。

「凱希爾醫生嗎？」她說，「請原諒我這麼晚敲門。我是奧德莉・康斯托克。我住在樸茨茅斯。」

「哦。」他說。

「我能進來嗎？我是馬特的朋友。」

「進來吧。」他說，示意她進客廳。她走進來，看了看四周。她沒有坐下，他也沒有示意她坐某張椅子。病人就是那樣的：你若沒有正式邀請他們就座，有些人就會一直站著。「有什麼可以效勞？」他說。

「讓他娶我。」她說。

「你說什麼？」

「他覺得他無法離開這裡。你，」她補充說，「離開你。」

「我對此毫不知情。」他說。

「我們相戀一年多了。在樸茨茅斯的一個繪畫班認識。聖誕節，他就差求婚這一步了。」

「哦？」他說。耶誕節，馬特做了烤鵝，還用菜窖裡的歐洲防風草燒了一道菜。用餐時搭配「石牆廚房」牌調料——一種蒜汁膠凍。要讓他相信馬特戀愛了那麼久，卻從來沒有提過那個人的名字嗎？當然，任何事都有可能。一個來體檢的病人會說自己沒有任何問題，可是當他脫下襯衫，凱希爾看到他身上起帶狀皰疹，或者他把自己割傷了，傷得很重，傷口沒有癒合。

「我不明白你為什麼來這。」他說。她長得很不討喜，他估計她差不多二十出頭。她的尖鉤鼻過於侷促地夾在一雙小眼睛中間，因而臉總是顯得不太平靜。

她說：「我想告訴你，你不會失去一個兒子，你會多一個女兒。」

「我的孩子已經長大成人，離家了，」他說，「兒子或女兒我都不需要。」

她茫然地盯著他看了一會兒。「他覺得自己離不開這裡。」她又說。

「我向你保證他能做到。」凱希爾說。

「繪畫是我們共同的興趣。」她說，似乎他需要進一步的解釋。

他看著她。

「馬特和我。」她最後說。

「這完全是你和馬特的事，」他說，「你不需要來說服我。」

「他敬重你。你在他心目中像個父親。只是他覺得無法離開你。」

「這話你說了很多遍，」凱希爾說，「我已經解釋過，他可以走。」

「他愛我，」她說，「他說會照顧我。」

「這個嘛，」他說，「也許你能處理好。如果兩人想在一起，這些事會發生的。」

「你想趕我走，」她聲音顫抖著說，「你認為我不夠好。」

「請你幫個忙，不要試圖猜測我的想法，」他說，「你敲門的時候我正要吃晚飯，已經很晚了，現在要是你不介意，我要吃飯了。」

她跺腳。這女人真荒唐，他得裝個貓眼，不能讓這種人進門。

「我能看嗎？」她傷心地問。

凱希爾瞪著她問：「看什麼？」

「就這一回，我能看看你是真的要吃晚飯，還是想趕我走？」

他差點露出驚訝的神色，但克制自己。他逼視著她，想知道她是否為自己的幼稚感到羞恥。當然，這種人很少會為自己感到羞恥。「完全可以。廚房的門就在那邊。」

她當然不會真的進來，可是不——她當然會。就像被建議節食的肥胖症患者會直接走到最近的自動販賣機去買一條糖果棒，她進來了，來參觀他的肉餡餅。她會看到肉餡餅，看到那一大堆該扔掉但基本上還沒讀的報紙、水槽裡擱了幾天的髒碗碟。他還沒有把垃圾拿出去，所以那隻死花栗鼠可能開始發臭了。

「你就吃這些？」她說著回到起居室。她的語氣溫和了一些，說：「我可以替你做飯。我替馬特做飯的時候多做一些。」

「我猜馬特不知道你來吧？」他說。

她聳聳肩。「我找不到他，」她說，「我以為他可能在你這。」

他示意她前門的位置。「等你找到他的時候，可以跟他討論一下這些衝動的慷慨想法，」他說，「祝你晚安。」

她準備開口說什麼。他幾乎能察覺到她打消念頭的那一刻，她轉身離開了。他跟在她身後走出門去，站在門廊上。穀倉裡沒有燈光。群星明亮地閃耀著。一陣微風輕輕吹過，隱約聽到風鈴聲。布瑞茲的房子是他能看到的唯一一處亮著燈的地方。馬特的車不在車道上。奧德莉難過地揮手，演得有點過頭了。那可憐的孩子縱身遁入黑暗。他沒有向她揮手。

該死的女人！沒有什麼比被牽扯進別人的肥皂劇裡更讓他反感的。他在電話旁的便簽簿上飛快地寫了一張便條，走到穀倉，把便條貼到馬特的大門上。「見過你的朋友奧德莉，」上面寫著，「回家以後你過來一下。」

第二天早上有人來敲門，他打開前門，看到的不是馬特，是迪爾德麗・蘭貝爾，她在市政廳當祕書，聽說這件她暗自同情、稱之為「狀況」的事。「迪爾德麗，就是幾塊石頭，我已經放回原位了，」他說，「鎮上小題大作。」

「哦，是歷史協會，你知道吧。志願者到處查看，他們真的很在意。以我自己來說，我一直覺得，死者的靈魂如果察覺到對他們缺乏應有的尊重，是不會安息的。」

「靈魂察覺到尊重？」他說。他有點尷尬地意識到自己雖然穿著便褲，上身卻還是睡衣。

「真的，是這樣。」她說。

「那讓我彙報一下，迪爾德麗，到現在我只是換掉給予那些靈魂應有尊重所需要的六七塊石頭中的幾塊，我還要問問你：你碰巧認識或是真的在意埋在這塊墓地裡的人嗎？我是說——了解他們的人生——作為人，而不是作為靈魂？」

她沒有聽出他的語氣。「不是莫爾頓家族嗎？」她說，「都是體面人，最早的一批開拓者。」

「前進！」她最終驅車離開時叫道。

是的，他想，這種女人總覺得自己不斷進步。

「你沒有選擇」接著現身，為他稱之為市政廳的「疏忽」表示道歉。「那封腦殘的信真讓人難為情，」他轉動眼睛說，「我剛發現，醫生，馬上過來賠禮。」

「你，還有全鎮的人，知道了都會鬆一口氣，我雖然一把老骨頭，可還是把牆修好了，現在皆大歡喜了。」

「棒極了！醫生！」他拉了拉帽子邊。

「你在鎮上沒看到馬特的車吧？」凱希爾問，「我有幾天沒見到他了。」

「你在開玩笑嗎？」「你沒有選擇」說。

「開玩笑？」

「你不知道？」

「知道什麼？」凱希爾問。

「在沃倫市區，」他很警覺地說，好像凱希爾在哄他，「報紙全登了。」

「你沒有選擇」從凱希爾的表情裡得到答案。「醫生——他們抓到他騷擾未成年少女還是什麼。我不願提起傷心事。我知道他就像你的兒子一樣。你被警察包圍了，你沒有選擇——那些人叫你去哪你就得去哪，對吧？這不意味著你就有罪。」

凱希爾伸出手，扶著門框站定。他的腦子飛速運轉，可是既沒前進，也沒後退。它像一輛四輪離地的車，車裡的人在猛踩油門。

「抱歉讓你驚慌了。據我所知，報上每天都報導。」

「這不可能。」凱希爾說，情緒平復到可以開口說話，不過他幾乎聽不見自己的聲音。

「你說什麼？」

「他為什麼不打電話給我？警察為什麼沒來穀倉？為什麼——」

「可不是，」「你沒有選擇」說，「很可疑，是吧？你說得有道理，他們沒來搜查確實很奇怪。」

凱希爾走回屋裡，幾乎被入口處的地毯絆倒。他走向廚房和那堆他想馬上翻看又根本不想看的報紙。「真實的生活。」他妻子會這麼說。他跌坐在一把餐椅上，把報紙都掃到地上，頭埋在手裡。電話鈴響了，他站起來木然地走了過去。是馬特？打電話來說什麼？「我是喬伊絲。」他女兒說。

「喬伊絲，我親愛的，現在我說不了話。」他說。但是另一個聲音插進來：「我是塔拉。」一個更年輕、更大的聲音在伴唱，他這才明白他在對自動留言機說話。他聽到鐘聲，還有《婚禮進行曲》第一小節招牌式的樂聲。他女兒說：「我們在我們今生最快樂的一天送出這段錄音，以此宣布，二〇〇五年七月二十日一點鐘，提毗女神保佑，我們舉行儀式結為一對，我們現在正式成為喬伊絲——」尖細的聲音插進來——「和塔拉。」「直到永遠！」兩人齊聲喊道。接下去，他聽出他女兒熟悉的刺耳嗓音：「別因為沒被邀請而煩惱，」她說，「我們的典禮上只有女神提毗、塔拉住在隔壁的弟弟——他跳了美極了的蘇非派舞蹈——還有我們的小丫頭『蓬鬆陽光』，她的頸圈上有鈴鐺和白色紫羅蘭。」塔拉插話說：「你收到這段錄音的時候，我們已經坐飛機去夏威夷了。」「獻給你安寧與愛，願你能體會到我們今天體會到的幸福。」他女兒說。鐘聲歡快地敲響；在鐘聲以外，他聽到她們咯咯地笑，話音交織在一起：「印沙安拉[5]。再——再——再見，親人們！」

他又把頭埋進手裡，用手指尖按壓眼皮，直到覺得疼痛。

他摸黑去穀倉，用手電筒在身前照著路。下過雨，小小的青蛙像挑圓片[6]一樣蹦過泥路。他前面的杜鵑花是馬特有次在某個幼稚園的堆肥上萬分欣喜地發現的：兩棵杜鵑

5 印沙安拉（Insha'Allah），穆斯林把自己的心願託付給安拉時的誦言，意為「如阿拉允許的話」或「如蒙天佑」。

6 在挑圓片遊戲中，用較大的塑膠片壓小塑膠圓片邊緣，使之彈入容器。

開著粉紫色的花，在門邊長得碩大。凱希爾便利貼上的墨跡化成一小團黑色。他敲敲門，儘管這地方顯然已被遺棄。他在報紙上讀到的那些夠讓他噁心了。

一件超大碼的T恤蓋在一把梯式靠背橡木椅上。馬特幾個月前幫他把椅子腿黏好，不知怎麼它還在穀倉裡。餐桌上有幾枚閃亮的一美分銅幣，還有一個小美人魚鑰匙圈。凱希爾滿心厭惡，他也唯恐警察會突然衝向穀倉，發現他在這裡窺探。他現在才悲哀地明白，那些馬特引以為榮的從垃圾堆裡找來的玩具是用來幹麼的，他明白得太晚了。當然是用來引誘孩子的。浴室架子上那些在舊貨攤上買的芭比娃娃衣服被扒掉了，圍繞著剃鬚膏的罐子、漱口杯和刮鬍刀，刮鬍刀是凱希爾送給馬特的生日禮物——他現在才看出來，洋娃娃就是誘餌，本來就是。他怎麼這麼遲鈍？

他坐在他的舊椅子上，環顧房間。房間迴盪著寂靜。這裡從前是他妻子的舞蹈房，練習的地方——她只是出於興趣，年紀大了，無法正經八百跳芭蕾。這裡曾是她私密的空間，她在這裡觀看紐瑞耶夫[7]舞蹈的錄影，無疑也想像過被他強有力的雙手高高托舉；她在這裡穿著緊身褲和凱希爾一件老舊的白襯衣，她早就過了如此著裝以顯風情的年紀。可是現在，他不得不接受這個事實，穀倉已經被褻瀆了，讓一個他錯看的人住了這麼多年，他妻子會無比鄙視馬特。空氣中有一絲淡淡的汗味——至少廚房有這味道。他站起來，打開冰箱——並不指望看到傑弗瑞．丹莫[8]的盛宴，但還是查看了一下。冰箱門架上平放著一瓶廉價香檳，幾塊發霉的乳酪，全已開封。抽屜裡發黃的芹菜倒在一攤土褐色漿水中。他沒有往開瓶的罐頭裡看。他拿出一瓶可樂，打開，喝下去，希望能緩解胃部的不適。警察還沒有來，這也無法讓人完全放心。他們沒有叫馬特說出他的住址嗎？他看到冰箱側面用一個冰箱貼固定的舊日曆：孩提時代的秀蘭・鄧波兒在聞一朵雛菊。哦，好狗血。人們那些強烈卻毫無創意的欲望，從來都是在預料之中，可痛可悲。「你就這麼高人一等？」他妻子從前常怪他。好吧，是的，他的確如此。至少和某些人相比。他又喝了一口，把罐子放到一旁。好吧，沒有棒棒糖。沒有電腦裡那種幼女裸照，因為馬特沒有電腦。一個返璞歸真的猥褻兒童犯。

也可能，凱希爾想，是這地方本身被詛咒了。翻修那時，有次那個木匠——一個叫作埃爾西的健壯的紅髮女人——跟他調情，她汗濕的坦克背心一邊的肩帶滑落肩頭，他用眼神徵求她的意願，而她給予了肯定的答覆。他朝她走去，輕輕拉下另一邊肩帶，只打算親吻一下她桃子般完美的乳房，就在那一刻，像拙劣電影裡的巧合，迪爾德麗走進穀倉，端著他妻子準備的一托盤三明治和飲料。現在想起來有些滑稽——或者說，就算

---

7 紐瑞耶夫（Rudolf Khametovich Nureyev，1938-1993），俄裔著名芭蕾舞演員，曾任列寧格勒基洛夫芭蕾舞團獨舞演員，一九六一年逃離蘇聯後，成為倫敦皇家芭蕾舞團特邀藝術家，一九八二年入奧地利籍。

8 傑弗瑞・丹莫（Jeffrey Dahmer，1960-1994），美國歷史上臭名昭著的連環殺手和性犯罪者。

不夠滑稽，嚇到迪爾德麗這個自命虔誠的女人也讓他很開心。她絕沒有一點可能去告訴芭芭拉她看到的事。現在他還能聽到托盤上玻璃杯嘎嘎碰撞的聲音。

他用馬特的室內電話撥了電話給警察——一台有旋轉式撥盤的電話，也是馬特在「救世軍」二手店的發現。那就是凱希爾認為馬特過去一直在做的事：四處遊逛，收集小玩意，以此排解喪妻之痛。警察在第八次響鈴時接了電話——第八次！他們對他的話似乎興趣不大，直到他提高嗓門。「你們在沃倫抓到的那個猥褻兒童犯，」他說，「你們也許可以到他房子裡來搜查。我是他的房東。」他已經從友情的概念中退出了。「我不明白你們之前為什麼沒來。」他補充說。可樂冒到喉嚨，這股酸流令人不適地消退了。他看到檯面上一本打開的素描本裡有幅關於樹的鉛筆素描。一幅相當漂亮的小畫。嗯，他心想，沒有人會時時刻刻幹老本行。另一個人接過電話，記下他的姓名和地址。警察大概十五分鐘後出現了——先是本地警察——他了解到三件事：馬特給的地址在雪城，他聲稱自己一直睡在車裡；雪城的確有個地址——是他第二任妻子的，她根本沒有死；第三件事他是在警察走後才知道的，就是馬特跟拘留所裡的一個人發生爭執，被一把自製小刀捅了。

幾個星期後，凱希爾收到「你別無選擇」寄來的一封短信，他現在決定多一些善心，稱他為比爾。「我的老闆催得很緊，雖然現在日子很艱難，我向你表示最誠摯的哀悼，醫生，但是墓地周圍的牆還是沒有達到修繕標準。我願意找一些石頭，這週末過來幫忙。」比爾能主動提出幫忙挺好，不過這封信更堅定了凱希爾自己修牆的決心。

他這就準備動手，午飯吃一塊烤乳酪三明治，然後開始。正午時分，蛋白質和碳水化合物的搭配不錯。飲食不良也是他妻子早逝的因素之一；她有糖尿病，有時一整天什麼都不吃，還說他嘮叨。她「覺得不舒服」，沒錯，但那是惡性循環：覺得不舒服，就不吃東西；不吃東西，就覺得不舒服。

他走到房子的側面，路面是用舊磚石片混合泥土鋪成的。這片陰涼地種不了什麼，卻是收穫石頭的好地方。他把石頭堆在一個一加侖容積的廢塑膠花盆裡。他挖了一會兒，覺得夠多了，就把花盆緊貼著肋骨，另一隻手抓著工具箱的把手走過去。嗨呼嗨呼。他在想馬特會不會指望他聯繫他。聽聽他的說法。提供幫助——如果不是以醫生的身分，那麼以一個朋友的身分？但不管馬特如何期盼，凱希爾就是做不到主動聯繫他——至少，在這個節骨眼上不行。

穀倉沒有被繩子圍起來，不過他猜那裡也不是犯罪現場。近來有那麼多人開著沒有標誌的車過來；再過一陣子，什麼人都可以在裡面四處翻檢了。他該怎麼做？每次看到車來，就跑出去索要證件？

凱希爾轉過身看到拿破崙躍過草坪，傻乎乎的耳朵像迎風的船帆在撲扇。當他走近時，狗就靠到一旁，漫無目標地表達善意。「來看老人家了？」他說。作為回答，拿破崙咬住一隻蟲子。「第一百億次過大馬路，考驗命運？」他揉揉狗耳朵下面。「咱們就讓命運跟在你後面，等她孤單了，就……」凱希爾說著繼續抓撓。他一邊堆疊石塊，一邊留神看著狗，狗在林子邊上聞來聞去。

修牆花費的時間比他預計的要長，他還得去拿鏟子，把門廊旁邊一塊很大的石頭挖出來。不過最終，他終於後退一步，欣賞自己的勞動成果。「好了，比爾，我的朋友，」他大聲地招呼著空氣，「你的工作完了，我的工作也完了。」他清除地上一些落葉和殘枝，在牆周圍小心地走著。他們是怎麼死的，這四個人？那些年代，牙齒感染就會死人。英年早逝是意料之中：那時候，年輕，有另外的含義。

他女兒高中畢業的時候，他已經有段日子既不愛她，也不愛他的妻子。現在，他的指尖抓撓著拿破崙的耳根，比他在妻子和女兒臉上印下的所有客套的親吻所傳達的情感更真摯。他妻子知道他機械式的動作，不帶感情。「念詩念得好像在為東西排順序。」在她最後的日子裡，她會嘲笑他，那時他坐在床邊給她念葉慈或D．H．勞倫斯的詩，幾乎不押韻的詩。很明顯，她女兒嘲弄人的能力來自何處；她也亦步亦趨地被傳染了尖酸刻薄。她曾抱怨自己的名字取自一個男人（詹姆斯．喬伊斯），而且還是個女兒後來瘋了的男人。她希望他們幫她取個如何超級女性化的名字呢？還有哪種玫瑰可以跟她磨損的勞動靴和黑框眼鏡更般配呢？他沒有施惡咒的魔杖，僅僅是年歲，把他的妻子變成一個失敗的芭蕾女伶，而基因遺傳導致了她的糖尿病。他替女兒取名叫喬伊絲不會決定她的將來，是她自己的行為讓她變成現在的自己。即使他不再愛她們了，他還是好好照顧她們的生活。你可以用意志力停止你的愛（就像他知道馬特的真面目以後所做的），也可以慢慢地停止，例如，把溜冰鞋的冰刀往裡收，就可以優雅地停下來，有時自己或別人都注意不到。他想到拜倫的幾行詩：

我不尋求同情，我也無此需要；
我收穫的荊棘長在我親手種植的
樹上：它們刺傷了我，我流出鮮血：
我早該知道這樣的種子會結出怎樣的果實。

就是如此！荊棘和流血有點俗套，但是看看詩人真正的激情。了解自身的某些東西——就是這個過程引起愉悅的痛苦，能夠將人置於完全不同的境地。有太多時間流失在試圖了解別人的努力中。

近年來他有時夜裡不睡，手握著平底玻璃杯，盛著冰涼的沛綠雅（要是還年輕，他會喝一杯白蘭地），為馬特讀詩。一個能欣賞詩歌的人同時也能從性的角度欣賞孩子，這意味著什麼？哦，他猜他了解人性的「複雜」，他們只抓住外在的東西，他們本能地從《格雷氏解剖學》的插圖前轉過頭去，而上面提供的是他們內在自我的真實資訊；人們為什麼對於他們內部運轉真正的條理性、肌肉的律動，還有——好吧——脈管系統的詩意不感興趣？他知道這些是古怪老人的想法，一個數年來被邊緣化、被忽略的人，遭到他女兒的刻薄評價。天真的孩子能道出真相？的確，可是不如詩人說得那麼好。

他在回家的路上拿了當天的郵件。從信堆裡發現一封美國退休人員協會的通訊、一包購物優惠券、一封本地慈善組織的來信，還有——他差點扔掉的那張傳單——一張模糊的複印的照片：

「走失人口」，上面寫著，年齡是十六歲。最後一次被人看到是在新罕布夏的樸茨茅斯。他記起奧德莉站在他門口。但這個女孩只有十六歲，會是同一人嗎？他把那頁紙拿遠一點，瞇起眼看。奧德莉的眼睛注視著他，好像他手裡拿著一張全像投影片。他晃悠悠走回客廳，為要不要報警而反覆思量。奧德莉是馬特的朋友，她的來訪……這些事警察都會有興趣。他有責任報警——他真的應該如此——可是這一刻他在想，實際上，近來都沒人為他做過什麼，只會為在墓地四周重修一面毫無意義的牆而騷擾他。他還意識到一點，他不想落井下石，當替馬特的棺材多敲一個釘子的人，就這麼說吧：馬特和那個苦惱的十來歲女孩的情誼對他的案子不會有任何幫助，不管兩個人之間有沒有事。凱希爾決定去沖澡，再打個盹。

他妻子去世這麼多年了，他依舊使用她的多芬香皂。包裝已經發黃的香皂這一堆，那一堆，連食品櫃的密封罐裡都有。人死了以後，你會發現他們的祕密囤貨。那些小小的、不為人知的東西使他們一點點變得豐滿，彷彿他們的生活從未有過足夠的維度。或者，這些發現也許會把他們拉得很近，乾縮的香菸和藏匿起來的半品脫酒提醒你，你對每個人都所知甚少。

他打開電扇，蜷在床上，醒來的時候是傍晚，他出了一身冷汗。他發出的聲音吵醒自己，從夢中掙扎著起來，起得太猛，手臂碰到燈。是場夢，是已經做完的夢，可是真實得令人心驚。他走到浴室，朝臉上潑了點水，冷水卻讓他本已真切可感的恐懼更加強烈。他幾乎跑下樓梯，衝過草地，進入墓地。他夢到奧德莉被埋在那兒。幾小時前他還看到地面一切如常，可是他去睡覺了，他在夢中聞到新挖的泥土味，指甲下有泥土的顆粒感，他雙目圓睜瞪著倒塌的墓碑。

他恐怖的幻覺——他唯一有過的幻覺——居然很應驗，儘管細節錯誤。沒有挖掘的跡象，但是泥土上有抓痕，最小的一塊碑石倒向地面。但不對——地面沒有被挖開。在墓地中央——他無法克制嘲弄的微笑：最中心是一坨狗屎，巨大的一坨。一大坨狗屎。拿破崙！凱希爾早先親手堆疊的一些石塊又倒了下來，他尷尬地發現自己的努力是如此草率。

他回到家裡，發現羅迪站在紗門裡的走廊上，一隻手拿著帽子，另一隻手拿著寫字夾板。「羅迪。」凱希爾說。

「哎，先生。」羅迪邊說邊把帽子戴回頭上，帽子上寫著「雪瑞兒．可洛[9]」。

凱希爾脫口而出：「鄰居的狗剛在我後院拉了一大坨屎，真討厭。」

「狗就得幹狗的事兒唄。」羅迪說。

「是啊。」他說。

羅迪清了清嗓子。「醫生，我跟兩位我很敬仰的人談過了，他們對你的門廊裝修有兩種意見：一個考慮保溫移門，就我個人而言，這個方案花的錢多，但我更傾向於採用這個方案。」

「那就用這個方案，羅迪。」凱希爾說。

「第二種意見，醫生，說得更仔細點，是漢克的意見，他在埃爾布瑞都。他認為……」

他任由羅迪繼續嘮叨下去。如果還年輕，他會多研究一下數字，多問一些問題，但是如果羅迪認為第一種方案最好，他也願意採納。

「你朋友的事實在可怕，」羅迪突然說，中間沒有過渡切換，「我老婆說：『你可別提那件事，那不關你的事，你覺得醫生會是什麼感覺？別告訴我那流氓沒有騙他，醫生如果不是覺得他是正直的人，是不會收他當房客的。』」

羅迪看到凱希爾被這段突然迸出的話弄得愣住，便停了下來。他又清了清嗓子——他緊張時的習慣性動作。他說：「那種人沒人會喜歡。我總是聽人說，在犯人裡，就算是弒母，都比猥褻兒童讓人同情。我的漢娜李和小羅迪，你知道的，要是哪個變態敢動他們一根頭髮，我一秒就把他們打趴。那樣的傢伙怎麼看起來這麼正常？」

沉默。最後，凱希爾說話了。「羅迪，」他說，「你認為我這把年紀了，真的應該開始這項工程嗎？你認為我能熬過這個冬天來享用它？」

羅迪快速地舔著嘴唇。「噢，醫生，答案你比我清楚。你身體不好嗎？」

「不是。」凱希爾說。

「那，要是你認為你的錢有更好的去處，我就不建造了，不過在封閉門廊頂頭加一個真正的門廊？我要是有錢就送你一個。」

9 雪瑞兒．可洛（Cheryl Crow，1962-），美國著名歌手、創作人，音樂風格從搖滾、民謠、鄉村到流行，均有不凡表現，曾獲九次葛萊美獎。

羅迪這麼說很有策略——把話題從死亡轉移到金錢。羅迪攥起拳頭，砸死桌上一隻匆匆爬過的黑螞蟻。「我老婆說了些話，她說：『羅迪，你去那裡好好安慰一下醫生。為大家做了那麼多事，若他是一時糊塗，你告訴我誰沒糊塗過。』她說：『這麼一想，我猜時間證明了我是傻瓜，嫁給你這種人，連去見一個失去妻子和朋友的人前，還要我交代這麼多！』」

「她說自己嫁給你是個傻瓜？」凱希爾說。

「你見過葛洛利亞·蘇。敢情她嫁給我是想著我會給她修個泰姬瑪哈陵之類的。她怎麼想到那？我可什麼也沒說過。」

「你愛她嗎？」凱希爾說。

羅迪抬起頭，非常吃驚。「這個，我不知道。」他慢慢地說。

「我不再愛我妻子了，」凱希爾說，「開始，我以為我只是受不了她那些小毛病——打呼，不吃糖尿病的藥，每次電話響她都不理，有一半時候是她姊姊打來的。」

羅迪眼睛看著旁邊，踢著靴子，想把鞋底下的草踢下來。「就這樣行嗎？」他說。他深吸了一口氣。「噢，這些工程計畫，醫生——你願意給我一些訂金嗎？我週一早上就能去買點材料。」

「不。」凱希爾說。他等著羅迪臉上顯出吃驚的神情，而他確實立刻現出吃驚的神情。「但我會給你的，」他說，「因為封閉門廊的決定似乎是在跟死亡打賭它不會贏。今天我覺得這會是個好主意。」

「你這麼想？」羅迪不安地說。

凱希爾把手扣在一起。「羅迪，」他說，「男人們有多少時候能彼此坦白？我想我們剛才談到的一些事……我們彼此都很坦率。」

羅迪默默點點頭。

「還有一件事，」凱希爾說，「我從不相信神祕主義，可是人老了，想法會變。你慢慢會發現的。有些東西——甚至是人——消失了，然後其他東西又來填補空缺。」凱希爾停頓片刻。「人生就像擁有一座花園，羅迪，難免會有那麼一天，鹿吃光了所有東西，或者你沒有去護根，土壤變得貧瘠。很快，便會野草蔓生。所以我猜我想說的是，嗯，料理花園現在對我來說像是年輕人的遊戲。當你不再有興致，或是精力，或是……樂觀的精神去收拾的時候，野草就乘虛而入。」他直視著羅迪的眼睛。他簡直不知道自己都說了些什麼。他說：「你不再熱愛某個東西的那一刻，你不再專注的那一刻，壞事和壞人就乘虛而入。」

「這是我聽到的最到位的一種說法，」羅迪說，「我回去要告訴葛洛利亞．蘇，跟她說說我們討論的事，不過我可無法像你說得那麼好。」

「用你自己的話說就行，」凱希爾說，「你要回家去跟她說這些，我認為你是愛她的。」

他去了沙灘，一個初夏時節他只去過一兩次的地方。他打開一張摺疊椅，望著海面。他一直沒有就傳單的事打電話給警察。他也沒有跟布瑞茲提狗在墓地幹的事。他試圖達觀一些：不管是什麼，奧德麗和馬特的道路是他們自己選擇的——兩個失敗者，不管怎樣，他們彼此都不合適。而狗就是狗。人們把自己的情感投射到狗身上，結果當狗幹狗事而不是人事時，人就大吃一驚。

什麼是不會改變的？變化是自然過程的一部分。不過，要理解馬特的所為，依然很難。問題不像奧德莉說的那樣：馬特像他兒子，而是有時候馬特似乎是一種……什麼呢？引導的力量？多麼諷刺，想到馬特可能會把他引向何處。但是父母自然不會把祕密告訴孩子，正如孩子也會對父母保留祕密。

「不是我幹的！不是我幹的！」小喬伊絲哭著，手被染紅了，她用口紅在浴室鏡子上寫滿了「J」字，還有瓷磚，甚至是馬桶蓋。

「你從來都沒有投入過，」他妻子在尚能談論他缺點的時候說過，「如果你不投入，你就不承擔責任。你一直都是這樣當父親。就好像你在幕後指揮，就好像你的家庭對你而言只是太多的壓力。一個疏離的大夫。」

家庭生活的悲哀。愛被一點點磨蝕，直到只剩下一點邊緣，而就連這點邊緣也最終潰散了。文過飾非地說，跟很多人比，他這個父親也沒差到哪，不過是個平庸的丈夫。有句老話說，你無法選擇自己的家庭，但可以選擇跟誰結婚，成家……人們很少談論時間的流逝，而你總是在挑選比家人還親近的朋友；漸漸地，你更喜歡狗而不是人。他猜想，下一個繼任的「家庭成員」可能會是條養在缸裡的金魚。

在他前面有個穿緊身橡膠潛水服的小男孩，手裡拿著沒掛魚餌的釣魚竿，甩線的手法都不對，是他學習扔壘球的手法。他父母坐在毯子上，專注於彼此。

天空呈現出仲夏時節緬因州常有的那種無法形容的銀色調，凱希爾擦擦臉，驚訝地發現身上還有太陽的熱量。一個真正的緬因州人會戴頂棒球帽。他身體從椅子上往下滑，過了一會兒，他被尖叫的海鷗驚醒了。炭灰色的天空中橫亙著一道細細的淡粉色天際線，風有了一絲涼意。那對夫婦帶著小孩走了，留下一個把手壞了的小桶和一堆貝殼。他站起來，摺起椅子，用另一隻手提鞋子。

他驅車回家，欣賞著這個美麗的小鎮，居民把他們的房屋修葺得如此完美。回到家，他把椅子堆進車庫，那條在裡面安居多年的束帶蛇溜到一堆捆好的報紙後面。他妻子的塑膠花盆從房梁上垂下來，幾根殘存的枯莖化為粉末。他走上走道，看到有東西突然竄過房子側面的一叢灌木。他吃了一驚，腳下踩著磚石的邊緣，身子晃了晃，保持住平衡。是拿破崙，喘著氣，撲扇著耳朵。

「你給我聽著，」他抓住狗的項圈對牠說，「你褻瀆了一個墓地，你——」他停了下來，自動修訂措辭，怕狗聽不懂。「你在墓地裡拉屎，撞倒了新牆！」他喊道，「你跟我來。」

他拽著狗走過草坪，儘管那畜生刨著地，爪子像在寫樂譜一樣划拉著，企圖抵擋向前的拉力。凱希爾把狂吠的狗一路拽到牆邊。牆塌得更厲害了，不過謝天謝地，墓地裡沒再看到糞便。「壞狗！壞狗！」他邊說邊拉扯著項圈。狗不顧疼痛，轉頭看著他，凱希爾看到的是恐懼。恐懼和不解。悲哀的叫聲愈發尖利了，凱希爾意識到他正把狗的鼻子壓在一堆不是牠拉的糞便上。那是個頭大得多的動物留下的。當然是這樣。看看狗的個頭，再看看那堆糞便。

他立刻鬆開抓住項圈的手，但在完全鬆開前停住了，因為狗一定會馬上跑掉——所有正常的動物都會。

「對不起。」他說著彎下腰，把嘴唇貼近狗的頭，是草地和狗的味道，夾著一絲……是薰衣草的味道嗎？

「對不起。」他說得無比忠誠，好像怕被人偷聽到似的。然後，他湊得更近些，冒險放開項圈，低聲道：「我錯怪了你。」

（二〇〇五年九月十二日）

誘鳥[1]

法蘭西斯將會駕著他的凌志從緬因州回去。他妻子伯娜丁那天一早就離開了，帶著他們的貓，天真漢，回康乃狄克州的家了。他們的兒子謝爾敦本來答應待在家裡，等搬運卡車抵達的時候幫忙，可是後來接到女友的電話，說那天下午她的飛機將在甘迺迪機場降落。於是他離開——他什麼時候不在外面？——不過搬運工不用幫忙也可以完全勝任裝卸家具的工作。伯娜丁是怎麼想的——謝爾頓對室內裝飾能有什麼高見？他知道哪件家具該放什麼地方？

法蘭西斯的姨媽去世了，因為他是她僅有的兩個在世的親戚之一，另一個是路易斯舅舅，他住在加州的陪助型養老院，所以為她清空夏屋的任務就落到法蘭西斯頭上。路易斯舅舅只要了碗櫥和門廳裡的長凳，別的都沒要，或許可以再要一塊手織東方地毯，

1 誘鳥，又稱鳥媒，是誘捕鳥獸用的假鳥。獵人常把木雕的假鳥放在池塘中，引誘野鳥。

如果顏色尚好又不太大的話。法蘭西斯把那塊大不利茲[2]小地毯捲了起來，用繩子紮好，放進碗櫥的底層。

幾天前，謝爾敦將他父親拉到一邊徵求意見：他是應該現在就跟女友訂婚，還是把法學院的第一年，甚至頭兩年讀完再說？謝爾敦和露西已經討論過這樁婚事，她似乎並不著急，但是他不願意讓她手上沒戴訂婚戒指就跑到日本去教英語。法蘭西斯認為露西是個好女孩，漂亮，既不靦腆也不自傲，只是，雖然接觸很多次，他對她還是有點摸不著頭緒。她去年出了兩次交通事故，兩次都是她開車，但這也不一定意味著什麼——三次會更說明問題。關於露西，法蘭西斯最重要的線索是她有一次在家裡過夜，第二天早上很晚才下來吃早飯，她穿著T恤和牛仔褲，內褲在牛仔褲的一條褲腿上晃蕩。伯娜丁低聲提醒她，露西滿臉通紅，抓起內褲，把它從前面塞進牛仔褲。她對此沒有一點幽默感。嗯，他也無法想像在斯特里特曼家（那是四十多年前了吧？）跟伯娜[3]睡過一夜早上下樓的樣子，因為那年代不會有這種事。他們會叫人把他抓起來的。但是時代不同了，他不反對露西跟謝爾敦睡在他們家。他們把茶杯碟放到水槽裡，不弄出聲響。伯娜指出，謝爾敦臥室裡的電視從來不開。

伯娜丁說她喜歡露西，但法蘭西斯認為她的喜歡可能有限。作為一個想要女兒的女人，伯娜對其他人家的女兒總是抱懷疑的態度，不過她對露西的懷疑採取了這種形式：

先說起一些小小的怪癖，然後飛快地補充：「當然，這也不是什麼問題。」其中一個不是什麼問題的問題，就是露西不會煮飯——她的笨手笨腳甚至表現在洗生菜上，她不知道蔬菜脫水器是什麼。她在攪拌機和吐司機前退縮，好像她不碰它們都會運轉起來一樣。她茶喝得很多，所以會燒開水。但是為什麼伯娜試著跟她解釋廚房裡其他東西的功能時她要抗拒呢？

後來伯娜開始在一些奇怪的地方發現香蕉皮：扔在花園裡一叢花後面，或是塞在花瓶裡。「還好衣物壁櫥裡沒有。」伯娜控苦地說。她在垃圾筒裡發現有兩三塊香蕉皮被塞在用完的衛生紙筒裡；她還發現烘乾機收納棉絨的小廢物罐裡埋著一塊。

「你怎麼想？」她問法蘭西斯，「是某種飲食失調嗎？還是對什麼事有意見？」

「看來她意識到我們是猴子。」他說著噘起嘴，鉤起指頭撓撓自己的肋骨。

「法蘭西斯，這不好笑，這很煩人。我從來沒見過藏匿香蕉皮的人。」

「你怎麼知道不是謝爾敦幹的？」

「你見他帶過食物回家嗎？他甚至從不曾吃著一根糖果棒進門。我從沒見過他喝外賣的咖啡。他太懶了，他完全指望我把吃的買回家。」

2 大不里士（Tabriz），伊朗西北部城市，是波斯地毯的主要產地。

3 此處開始，「伯娜丁」有時作「伯娜」，是她的暱稱。

法蘭西斯放下報紙，從眼鏡上方看著她。「也許是一種交配儀式。」他說，可是她已經離開房間。

現在法蘭西斯站在他姨媽家的門廳裡，琢磨著是否有必要在房地產經紀人回來以前把天花板燈卸下，換上一個不太昂貴也不那麼特別的。這需要猜透看房人的心思：他們一看到這個華貴的頂燈，就會全盤接受呢？還是會一帶而過，然後男人關心地下室，女人關注廚房？他剛考慮打電話給伯娜問問她的想法，就看見「伯威爾小子搬運公司」的卡車開上車道，車輪卷起的沙礫飛進芍藥花壇。一朵蜀葵像梭鏢一樣飛了出去，低垂的樹枝椏被撞斷了。

兩個穿著便褲和深棕色T恤的男人跳了出來。「菲爾德先生嗎？你好，菲爾德先生，」他們之中更魁梧的那個說。「搬運日，菲爾德先生。」另一個男人說著從副駕駛座上取出一個寫字夾板，他的T恤口袋裡有幾根羽毛。「我是吉姆．蒙哥馬利。這是我的搭檔唐．歐羅克。」

「唐，」他的搭檔回應道，「我們會把事情做好，保證你沒理由惦記我們。」

兩個男人走上前來跟法蘭西斯握手。吉姆從口袋裡的羽毛中間抽出一枝鋼筆。「在這條線上簽上你的大名，我們就開工。」

法蘭西斯簽了表格，把搬運工帶進屋裡。「我姨媽的夏屋。」他邊解釋邊帶他們在房子裡很快轉了一圈。他猜這一帶的人都知道他姨媽去世了，不過，當然了，他沒有理由猜想她曾見過這兩個人。

「姨媽家具不太多，」吉姆說，「是老太太？」

「九十歲。」法蘭西斯說。

唐吹了一聲低沉的口哨。「活到了九十，然後進來兩個騙子，搬走所有東西。」吉姆蹲下來查看一張邊桌，又看看法蘭西斯。「你為我們最後要搬的東西做了標記嗎？」

「兩件都在門廳裡。碗櫥和長凳。」搬運工之前告訴伯娜，他們會把這兩件家具轉給另一家搬運公司，再由他們運到加州。

「那我們就開始了，」吉姆說著轉過身對著唐，「那句說我們是騙子的話，我先不追究。」

「我們在那家 7-11 拿了些六瓶裝的水，」唐對法蘭西斯笑笑說，「去拍賣會買東西，磨一磨，打一打，故意做舊。」

法蘭西斯點點頭，想讓他們明白，不管他們做了什麼，他都不打算發表意見（他無所謂），是他妻子聯繫的搬運工。她是那麼說的吧？——房地產經紀人推薦的。

吉姆和唐開始互相發號施令，把家具搬到房子的中間，快速地走動著。法蘭西斯轉過身，假裝要上樓有事。他回頭看到地板上有個小東西，又走回去瞧是什麼，這時兩個男人正把謝里丹沙發搬出門。那是吉姆的羽毛。他把它放在椅墊上，吉姆一定會注意到的地方，然後回到樓梯上。他往上走了三步，四步……接著停下腳步。透過窗戶，他看到一根斷枝在搬運卡車的前擋風玻璃上晃動。在台階上，一個灰團被門外吹進的微風掀起，掠過他的腳邊。他的姨媽活到九十歲，他六十六歲。他的兒子二十四歲，他飛快地算了一下，二十四正好是他姨媽和他之間相差的歲數。這一計算毫無意義。

法蘭西斯當律師多年，他認為他兒子完全不是這塊料。但他適合做什麼？他功課一直是穩穩的B^+，但法律考試成績很好，他還有兩封非常出色的推薦信，外加一封伯娜幫他聯繫他們的眾議員寫的。謝爾敦打網球和高爾夫球，如果這也算數的話。律師一向被人詆毀嘲笑，熱情大概並不是必要的品質。但他還是想像最壞的可能：謝爾敦會跟露西訂婚，只是為了不讓別的男人得手；還有，誠然，露西確實有飲食失調問題，而且，即使她沒有這方面的問題，偷偷摸摸也是個問題；謝爾敦會開始在法學院的學業，然後輟學——法蘭西斯完全相信事情會這麼發展——然後他跟露西會重新考慮，雖然那時他們如果已經結婚，或者她已經懷孕，就為時已晚了。她懷孕了，這就是為什麼她要吃香蕉，法蘭西斯此時站在他姨媽的樓梯台階上，恍然大悟。兩個搬運工來來去去，完全沒有注意到他。她要回來了——露西會從東京提前回來，因為她懷孕了。他和伯娜丁要當祖父母了。謝爾敦會被諸多責任搞得不知所措。他的生活將只有外賣咖啡，他即使想看書也不會有時間。他將會跟一個他不愛也不愛他的女人在一起。

「那根羽毛。」法蘭西斯說，他站在（他怎麼去那？）客廳裡。吉姆和唐大汗淋漓。寫字夾板在桌上。兩根羽毛都在吉姆的口袋裡。鋼筆擱在寫字夾板上。

「怎麼了？」吉姆拍拍口袋說。

「是從哪來的？」

「從哪來？從鳥身上。我撿這羽毛是因為我不認識，而這一帶的鳥類我都知道。颶風之後鳥少了很多，今年春天又來了一些以前不來這裡的鳥。明顯是些大鳥。我家裡有書，我要查查看。」

「你打獵嗎？」法蘭西斯問。他屈從於自己的緊張情緒，開始閒聊。

「當然，」吉姆慢慢地說，「打獵，釣魚。不過我獵鹿只用弓箭。你不是那種因為別人要吃肉你就不高興的人吧？」

「不，不。我只是好奇。因為你對鳥有興趣，我就問你是不是也打獵。」

「知道他還做什麼嗎？」唐插嘴，「他的雕刻手藝可有名了。」

「哦？」法蘭西斯想不出別的話講。

「誘鳥。」吉姆平靜地說，幾乎有點害羞。

「人們都買來收藏呢，」唐說，「真正的藝術才能。他跟他祖父學的手藝。他祖父的東西收藏在康乃狄克州哈特福德的博物館裡。你肯定去過。」

「華茲沃斯藝術博物館，」法蘭西斯說，「離我住的地方不算太近。」

「噢，你要是去，就找羅伊·傑伊·布魯菲爾的誘鳥。東西美極了，我這位朋友就是這門藝術的繼承人。」

「我想看看你的作品。」法蘭西斯說。

「你想看？」吉姆說，「我住在一個跟這房子的客廳差不多大的作坊裡。老婆三年前把我趕出來。你有興趣看看我做的誘鳥？」他又說了一遍，似乎難以相信。

法蘭西斯點點頭。

「我跟你說，」吉姆說，「那你上樓去，像你剛才那樣，一個小時以後我們就出發。你要是認真的，我們可以在回康乃狄克的路上順道去我家。」

「哦，我是認真的。很認真。」法蘭西斯補充道。對啊：他剛才還在上樓，接著時間突然發生扭曲，現在已經過了很久。現在如果飛機已經準時降落，露西應該在通知謝爾頓了。生活就是這麼發生改變：有人會告訴你某些事。

搬運工重新開始發號施令，家具被抬起來，移到其他地方，然後再選擇一件物品，把它搬下樓梯，放到車道，那輛大卡車就停在那裡。法蘭西斯又在考慮打電話給妻子，不過他意識到她一定還在開車回家的路上，不會接手機。她也許會停車去買食物。大多數時候都是她買食物，只是他倆胃口都不大。他們的兒子長得更高也更壯，吃得比他們多，不過他是骨架子大，倒不是肥胖。他六英尺高，相貌堂堂，一頭濃密的鬈髮，戴一副時下年輕人都理直氣壯地戴著的方框眼鏡。他在大學裡寫的長篇小說變成中篇，後來完全放棄，只是對有些章節還迷戀不已，就用來申請各種藝術碩士專業學位，卻沒有一個學校接收他。好還是差？法蘭西斯也不知道；謝爾敦不願給任何人看他寫的東西。他大學畢業後整整一年過去了，這一年他住在閣樓上（法蘭西斯覺得他有點矯情），開始寫第二部小說，但又放棄了。隨後他搬出去，跟一位大學同學工作了一年，幫同學父親的公司辦理訂貨，還去倫敦出差幾次。再往後——到底是怎麼回事呢？——他的租約過期，又搬回家裡，不再住閣樓，而是回到老臥室，把牆面漆成炭灰色。週末露西常跟他待在那裡。

他們打算怎麼辦？生下孩子，就住家裡？

法蘭西斯爬上二樓，他妻子已經把他姨媽的衣服裝進紙箱，準備捐給慈善組織。他姨媽的臥室裡貼著法式古典印花牆紙。到最後的時刻，他姨媽因為服用大劑量的止痛片，以為自己躺在臥榻上，一群法國貴族圍在她身邊，女人戴著插羽毛的帽子，舉著陽傘，男人騎在馬背上，都在等她發出信號，然後打開香檳酒慶祝。貴族們，在緬因州鄉間一所房子二樓上一間九乘十二英尺的臥室裡。誰知道她為什麼會把他們都想像成淡藍色？也許他們很冷。

他姨媽被診斷出胰腺癌後，兩個月不到就去世了。當她打電話告訴他們癌症的壞消息時，他和伯娜開車去她家探望，他們哭個不停，想不出任何樂觀的話。他姨媽把珠寶硬塞給他妻子，雖然伯娜是那種「少廢話」的女人，平常除了婚戒和一支天美時錶外，其餘什麼都不戴。他姨媽跟他們講了自己稱為「家庭援助」的明智計畫。她莫名其妙地叫他更換門廳裡的燈泡，可是他沒有立刻去做，卻又聊了很多——伯娜堅強歸堅強，也一直非常難過。那天晚上離開時，他忘了他姨媽吩咐的這件小事。他一直都沒記住，直到她去世的那天。

每個房間裡都有一絲淡淡的氨水味，他想這也許就是他眯眼睛的原因。伯娜把百葉窗都打開了，房地產經紀人告訴她，這樣，房子就會顯得更寬敞。那麼他姨媽的靈魂到哪了呢？他想，是在一片混亂的淡彩中徘徊片刻，然後漫過窗戶——那美麗的磨邊老玻璃——棲落在現在已被撞爛的樹上嗎？如果是這樣，她算是安全著陸，在搬運車開進來以前就早早離開了。

法蘭西斯從來不知道給搬運工多少小費合適。現在的數目可能比他預想的大多了，因為在一家體面的餐廳吃飯平均要付至少百分之二十的小費，不管服務有多冷淡。他在想，看到誘鳥是不是意味著必須買下一隻，如果是這樣，那要花多少錢；還有，他是不是應該在去吉姆的工作坊前付小費，否則買誘鳥的錢就會跟小費搞混。或者，如果他提前給了一筆慷慨的小費（不管慷慨意味著什麼），誘鳥的價錢會更合理一些嗎？

他開著凌志倒車，跟在卡車後上了車道。吉姆比法蘭西斯預料的開得更快，但是他一直跟著。他拍拍口袋確認手機放在身上。他們開了一段時間，然後轉上一條起伏不平的道路，有人在路面上放了紅黑相間的錐形路標，指示那裡有深坑。這裡的房子比主幹道的小。他有那麼多事要做，可是現在卻跟兩個男人開進林子裡去看誘鳥，這到底是在幹什麼？這像是會發生不測的那種情形，不過他憑本能覺得不會有事。即便如此，他還是能想像自己在法庭上，帶著一絲懷疑的語氣問被告：「你跟這兩個陌生人去了他們的一處房子？」

道路岔開，卡車減速，吉姆搖下車窗，用拇指指向右邊。法蘭西斯猶豫了。卡車繼續往左，開進一片田野。他想他的理解沒錯，就開上右邊的岔路，停在一座孤零零的隔板屋前。屋前沒有樹，只是旁院裡有叢半死不活的灌木。那房子，真的非常小。他又聽見自己在法庭上的聲音：「你沒有猶豫就下了車？」

他下了車。唐和吉姆朝他走過來。他從他們的臉上可以看出，沒什麼好害怕的。唐拿著一罐賽爾脫茲氣泡水。吉姆站在他的小屋旁邊顯得塊頭更大了，他手裡拿了一串鑰匙，不過他沒有用其中任何一把來開這沒上鎖的門。

「以前我在邁洛住一所維多利亞式的房子，」吉姆說，「老婆有天回家，說她要確保我離開她的距離不得少於十英尺，而且沒有任何理由！我這一輩子也沒動過女人一根指頭。可你要是個女的，你就能大搖大擺走進警察局，拿一道指令，讓一個男人遠離你的住所，就好像那不是他的住所。」

「婊子。」唐的聲音小得幾乎聽不到。

「你有孩子嗎？」法蘭西斯問。

「孩子？」吉姆說，顯得有點困惑。「對，我們有個小孩，出了一堆問題，無法在家解決。就是那些倒楣事。」他說。

唐移開目光，用腳尖踩著一棵結了種子的蒲公英。

「很抱歉。」法蘭西斯說。

唐說：「我有老婆，沒小孩，一隻鬥牛犬。我半輩子的家當都塞在她兄弟的一個儲藏間裡，因為氣球式貸款[4]到期，我們只好縮減家當，縮減到我老婆兄弟家的車庫裡！你知道我的意思吧？」

他的確知道。「是的。」他說。

吉姆把大鑰匙圈扔在工作檯上，工作檯幾乎占據大半個房間。屋角有一張單人床，一隻貓躺在上面，長得有點像天真漢。貓抬起頭，又蜷到一邊繼續打盹。床對面的屋角有一台棕色冰箱，牆上安了一個水槽，馬桶在水槽旁邊。他沒看到淋浴頭。

「坐吧。」唐說著拉出一把帆布扶手摺椅。法蘭西斯數到七張這樣的椅子，大多數跟第一張相似，但沒算上那張凹陷得特別厲害的。

「你要來杯啤酒嗎？」吉姆說。

「好的。」法蘭西斯說。他對自己說，我不能打電話給妻子，否則該怎麼解釋我在哪？他伸手去拿那罐酷爾斯啤酒，冰冰涼涼。他不記得上次喝啤酒是什麼時候了，他一般都喝加冰的蘇格蘭威士忌。他舉起罐子，他們仨都舉起罐子，默默地為不知什麼而乾杯。

看樣子，吉姆最近沒有在工作檯上製作東西。那上面有成堆的報紙、碗碟、一個看上去像是一部分馬鞍的物件，還有些羽毛。法蘭西斯希望他能看到一些木片。工作檯似乎太低，不適合雕刻——你得站著雕刻，不是嗎？他寬慰地看到幾件工具，但是他盯著

4 氣球式貸款，一種貸款品項，要求剩下的本金餘額在規定時間付清。可安排分期付款，例如在三十年內付清，但要求在第十年年底付清全部的本金餘額。

看的那件似乎生鏽了。「好吧，我來把它們拿出來。」吉姆說著跪了下去。

他從桌子底下抬上來一個盒子，打開蓋子，展開裡面的一條白色毛巾。盒子本身做工精緻，蓋子背面的木頭上蝕刻著「綠頭鴨」的字樣。吉姆取出一隻鴨子，放在桌上。

「真他媽的不可思議。」唐說著搖搖頭。

吉姆後退一步，清清嗓子，語氣相當正式地說：「有些人不這麼做，但我給綠頭鴨用黑色的眼睛。十毫米。」他補充說。法蘭西斯拿著他那罐啤酒，站在那裡低頭看。他不知道該不該伸手觸摸。鴨子相當逼真，美麗極了。他試探性地往前移動，當他前進時，唐說：「我幫你把啤酒拿走。」說著從法蘭西斯手中抽走啤酒罐。

法蘭西斯把誘鳥拿在手裡，放遠一些，這樣他不用戴老花鏡就可以看清楚了。吉姆又拉出其他盒子。「還要做一隻，然後我就把它們運走。一個在德州奧斯丁的傢伙。他的收件人地址寫的是美術館，所以如果他不清楚自己在幹什麼，估計也沒什麼關係。」吉姆說。「那傢伙除了綠頭鴨，什麼也不要，那好，可是你要是真的去放誘鳥，嗯，沒錯啊，你就有綠頭鴨，綠頭鴨，綠頭鴨，綠頭鴨——一大堆綠頭鴨。但你要是放進去這麼一隻——」他把另一個盒子放在桌面上，展開一條沙灘毛巾，「這是你的白鷺。你把那些綠頭鴨放那，但你要是真的打獵，你需要一隻像白鷺這樣的，一隻知心誘鳥。」

法蘭西斯從來沒聽說過這個詞，但是他能明白。不管怎麼看，這隻白鷺都是一件真正的藝術品。

「是啊，就像那些又美又自然的東西，」唐說，「一隻白鷺正好站在旁邊，對吧？也可以是其他的。烏鴉。得混雜一點，不然鴨子就該起疑心了。『嗨，看那，那麼一大群，還有一隻白鷺在遊蕩。咱們過去吧，看能不能加入牠們的派對。』」唐把他和法蘭西斯的啤酒放在桌上。「砰！」他大聲地說。

「就是這意思。」吉姆說。

「你替德州的那個人做了多少隻？」法蘭西斯問。

他為雕工的細節而驚歎。他注視著那黑色眼睛，它好像在回看，因為光的反射作用。

「剛超過一打。他若真的是獵手，那或許他一直運氣不好，不過從他的樣子和說話的方式來看，我很懷疑他是不是獵手。等他拿到這隻知心誘鳥，運氣就來了。可能稍微過頭了點，雕了一隻白鷺，不過管他呢。你知道嗎，要是你在田野裡看到鳥，會發現大多數都在吃東西，可是總有至少一隻，充當哨兵的角色。你雕刻的時候要想著這些。想著整群鳥的樣子。」

「嗯，細節簡直不可思議。你說這是跟你祖父學的？」

「我嘛，自己也學了一些。去看一些美術展，有些啟發。」

「名字部分由我來做，」唐說，「我有一套工具。我在夜校選了一門特殊字體的課，秋天開始。」

「書法，」吉姆說，「我們是個團隊。」

「我想知道如果有人不打獵，只想要一隻綠頭鴨作為一件精美的手工藝品放在案頭，你會不會不高興？」法蘭西斯問。

吉姆聳聳肩說：「對我來說都一樣。」

「我能問問價錢嗎？」

「二百二十五，」吉姆說，「眼睛的成本最近躥得很高。」

「每一分錢都值，」法蘭西斯說，「它們——我相信它們很有用，但只是讓人觀賞和沉思……」他的聲音放低了：「你有時間幫我做一個嗎？」

「我就是做這個的，」吉姆說，「當然可以。」

「好，我能先付你一些訂金嗎？這一筆，當然還有小費，看你開車那架勢，你肯定能比我早開到我康涅狄克的家！」沒等回應，他就把手伸進褲子後面的口袋裡。他的手指滑下去，錢包不在那。他馬上拍一拍夾克的口袋，裡面只有手機。然後他把椅子往後拉，感覺到自己吃驚得臉都紅了。他差點想跑出去看看錢包是否掉在地上，但又使勁提醒自己，這麼慌張馬虎，沒有好處。他走回汽車，感覺到兩個人在後面默默地商量著，也在找。錢包裡全是現金，因為他知道自己需要付小費。不帶駕照怎麼開車呢？他得通知銀行，美國運通，太多地方要記著掛失。

「不走運。」吉姆拿著一罐啤酒向法蘭西斯走過來說，「回那房子看看值得嗎？應該可以，是不是？」

「可這不是你的問題。」他說。

「這種感覺可糟糕了，」吉姆說，「我前年夏天在波士頓看紅襪隊比賽，錢包被偷了。搞得我麻煩不斷。你想會忘在你姨媽那嗎？」

「不可能。我是說，有可能放在那裡，但我會注意到的。那兒都搬空了。」

「我們把卡車留在這兒，開你的車去，」吉姆說，「也許會出現的。」

「沒有用，」法蘭西斯說，「我能想像出我站的位置，我知道它不在那。」

「你不一定知道，」唐堅持道，「走吧，我們回去。我們開的快車準會讓你印象深刻。」

天快黑了。法蘭西斯感覺糟透了，好像失去了一個朋友。他以前只丟過一次錢包——其實是忘在賓館房間裡，還給他的時候錢包空了。他試圖安慰自己，六十六年裡丟兩次錢包不算太糟，可是這兩次都發生在最近這一年。他閉上眼睛，想像他當時在二樓房間裡站著的情景。這是他身為律師的自我訓練，在腦海裡重現情境——具體的情境，而不是抽象的，例如一個想法。

「你在祈禱還是什麼？」吉姆說著伸手來拿法蘭西斯的鑰匙。法蘭西斯聳聳肩，把鑰匙遞給他。至少他的鑰匙還沒丟。

吉姆開車的架勢好像後面有人在追，他走了一條開卡車時避開的小路。他們開上房子的車道，下車，吉姆在草坪上走來走去，趁著最後一點微弱的天光。法蘭西斯和唐到屋裡去找。法蘭西斯在樓下找了起來，他覺得徹底沒救了。接著他聽到有人在樓梯上快步走。「金子找到了！」唐幾乎是即刻大叫起來，「搜索結束。」

難以置信。事情就這麼收場，如此輕鬆？如此完美？他不敢相信自己的耳朵，人站在那裡，頭轉向唐的聲音發出的方向，疑惑不已。他只稍稍放鬆了收緊的胃部。

「這是什麼？是錢包嗎？」唐說著，踩下樓梯的最後一級台階，走進門廳。

就在那一瞬間，從不多疑的法蘭西斯意識到，錢包消失是因為被唐拿走了，藏在某處，本打算之後再回來取。可是他為什麼又堅持讓大家都回到這裡？他為什麼這麼快就把錢包找出來，快得令人起疑？唐為什麼要這麼做？

「天哪！」吉姆說，唐和法蘭西斯從屋裡出來的時候，他在唐的背上飛快地拍了一下。「他找到了！就這麼找到了！看！」

這一刻法蘭西斯本也應該給唐一個擁抱。但他知道錢包是唐拿的。好吧：也許是從他口袋裡掉出來的，但是唐後來看到在地板上，他要麼放進自己的口袋，要麼擱在什麼地方，回頭來取。法蘭西斯對事的直覺很準，他知道這個得意洋洋地站在他面前的傢伙拿了他的錢包，又還了回來。因為他想讓他的朋友看得起，法蘭西斯心想。他想讓他這個更有才的朋友對他刮目相看。唐就像是那些自己縱火的消防員，好在撲火的時候充當英雄。

「你究竟是在哪找到的？」他們回到車上的時候，法蘭西斯轉身看著唐問。

「在門廳的書架上，」唐回答，「就放在那。」

法蘭西斯在腦海裡回顧了一下，不記得自己曾經靠近那個書架。

車又拐進黑暗的小路，吉姆似乎精神來了。後座上的唐變得沉默了。這沉默簡直讓人發瘋，但法蘭西斯覺得自己不是司機，打開收音機有點不禮貌。他肯定不會選擇唐和吉姆愛聽的那種音樂。他坐立不安，從胸前的口袋裡拿出錢包，湊近看：裝滿現金的錢包像手風琴一樣展開。「我想我應該現在把那兩百二十五塊錢給你，不只是訂金。這樣行嗎？」他說。

「呵，我可不會拒絕這樣的提議。」吉姆說。

「還有，除此之外，我還想謝謝你動作這麼快，把東西都好好地搬了出來——我是說你們倆，」他連忙補充，「我比你們倆年紀大多了。」他說：「所以能讓我問個難為情的問題嗎？」

「什麼問題？」吉姆說。

「我從不知道搬家的時候，該給多少小費。我這輩子都不知道。有什麼——」

「跟你給妓女的小費一樣。」唐說。

「你說什麼？」法蘭西斯問。

「他在開玩笑。」吉姆不快地說。

「不，我沒有開玩笑。你不給妓女小費嗎？她們說一個價錢，你得付錢，但是如果你真的對她們的表現很滿意，你難道不會給她們一大筆小費，然後再次光顧嗎？」

「到了我這個年齡，我不敢說我還會不會有搬家工作找你們，除非是把我們送進養老院。」法蘭西斯說。

「你從沒找過妓女，是不是？」唐說。

「閉嘴。」吉姆說。

「我不是炫耀，」唐說，「我在科威特的時候從沒找過。我在拉斯維加斯找過一次，在『戰鬥區』[5]找過一次，那個女的幾乎是把我拽下車的，她真恐怖，不過拉斯維加斯那個是紅頭髮。」

「我去過拉斯維加斯，」法蘭西斯說，「不過你說得對——沒找過誰為我服務。我跟休‧海夫納[6]在一起，他不得不飛到那裡去接那個月的玩伴女郎[7]的姊妹，是十一月小姐還是什麼，幫她把她的雙胞胎姊妹送去做康復治療，她們只有十七歲，撒謊說十八歲了。」

「什麼？」吉姆說，「你在騙我們吧。」

「沒有，」法蘭西斯說，語氣裡帶著一絲說真話的人才有的不屑，「沒有，休‧海夫納找我諮詢一樁法律事務，我到現在都還不能透露是什麼。我們在飛機上談事，因為我們估計很快會有一次庭審。我發現他其實是個紳士。這是他穿著睡衣到處走以前很久的事了。」

他們沉默地開了一會兒。然後吉姆問：「那個姑娘後來還好嗎？」

「她完成了康復治療，但死於滑雪事故。」法蘭西斯說。他覺得那彷彿還是昨天的事：海夫納電話中嘶啞的聲音，直衝他耳朵裡。

「我看你可不像那種會跟休‧海夫納出出進進的人。」唐說。

---

5 戰鬥區（Combat Zone），波士頓合法的紅燈區。

6 休‧海夫納（Hugh Hefner，1926-2017），美國實業家，雜誌出版商，世界最知名的成人雜誌《花花公子》的創始人和主編。

7 《花花公子》雜誌中作為「當月玩伴」出現的女模特兒。

「我曾是律師。律師跟各種人打交道。」這句話懸在空中沒有了下文。他還是不知道小費該怎麼算。他決定推遲支付小費，等家具搬下車以後再說，也許本來就應該是這麼做的。

等他們開著卡車上路的時候，已經過了十點。他們開了一會兒，然後法蘭西斯把車燈閃了好幾次，最終，吉姆做出反應，把車停在路邊。夜深了，法蘭西斯很疲憊，他問吉姆，他們是否能找一家汽車旅店住下來。兩次繞路花了他們幾個小時，法蘭西斯此時已很難保持清醒了。他也擔心吉姆，執意要替他們出房費。吉姆想了一下說：「好吧。」

半小時後，他們在漢普敦旅店要了兩個房間，法蘭西斯把一疊摺好的錢遞給吉姆。「誘鳥的錢。」他鄭重地說，這時夜班員工把房卡交給他們。唐在卡車裡睡著了，他知道他們到了哪兒後，從車上跌跌撞撞地下來，腳步踉蹌。他站在門外人行道的那一邊，眨著眼睛，頭髮亂糟糟的。他看起來年輕而又無助，有那麼一刻，法蘭西斯對他同情起來——他衝動行事，又為做了的事感到後悔，因為他畢竟本性不壞。他們倆都過著艱難的日子，參加過波斯灣戰爭，孩子又有精神問題。

吉姆說如果法蘭西斯確定要跟著卡車走，他一早會叫醒他。為什麼他要跟著他們？但是法蘭西斯堅稱他要。然後吉姆和唐跳進卡車，開到一個很遠但是燈光明亮的區域，員工說那裡是停放大型車輛的地方。他們沒有互道晚安，各自進了各自的房間。

「伯娜？」他坐在床邊上打電話。

「上帝！我以為你永遠不會打電話回來了！」她說，「你在哪？」

「一家漢普敦旅店，」他說，「事情很糟嗎？」

「糟透了，」她說，「露西的母親打來電話，像個瘋女人，她忘了東海岸有三小時時差，可憐的露西一籌莫展，還要安慰她。還有，法蘭西斯，我真不敢相信，可是謝爾敦根本幫不上忙。他出去散步了！散步！我要是露西，就再也不跟他說話了。」

禁止吸菸的房間裡有股菸味。這類事還會讓他驚訝嗎？沒有監督，人們就不守規矩。他用拇指和食指掐掐鼻子尖，鬆開手。鼻子還在癢，他揉揉鼻子。「她母親為什麼那麼焦慮？」他說。

「緊急著陸啊！你以為她焦慮什麼？死了三個人。」法蘭西斯張大了嘴。「緊急迫降？墜機了？」

「你沒聽廣播嗎？沒聽嗎？」

「沒有。」他說。

「你沒聽？那你問事情是不是很糟是什麼意思？」

「我是以為他們倆之間有問題。」他說。

「我以為你聽廣播了。他們差點不讓倖存的乘客離開機場。調查人員還來咱們家，法蘭西斯，天剛破曉。說是飛機上有人告訴他的鄰座會發生事故。法蘭西斯，去打開電視。」

法蘭西斯沒動。他聽著她的話，驚呆了。

「還有，法蘭西斯，」她說，「我一點都不明白，咱們怎麼養了一個這樣的兒子，不去幫著安慰可憐的露西——反倒大搖大擺地出去散步了。」

「也許他活在自己的世界中，就像他的父親。」

「這不是責怪我批評你的時候，法蘭西斯。不管你們是不是活在你們的小世界裡，在更大的這個世界裡，可憐的露西跟那個死了的人只隔了兩個座位。」

「太可怕了，」他低聲說，「他還沒回來嗎？你看我跟露西說話能有點用嗎？」

「我已經給了她一片安必恩[8]，可憐的孩子。她母親歇斯底理地叨念美國政府，想讓我們都上堂公民課，還扯上伊拉克戰爭。這女人真恐怖。」

「露西在樓上睡著了？」他問。他突然覺得自己筋疲力盡。

「是啊，當然了。你以為呢——我會讓她睡在沙發上嗎？」他妻子的聲音變調了。

「我們明天一早就到。」他說。

「誰是『我們』？」

「搬運工。我的錢包出狀況，路上耽擱。我想最好讓大家在汽車旅館住一夜。明天一早我們就出發。」

「你說『出狀況』是什麼意思？」

「其中一個拿了我那該死的錢包，又後悔了，後來還回來。不過跟他們倆一個字也別提，你明白嗎？我想保持友好，搬完東西就完了。」

她吸吸鼻子。「我猜現在太晚了，我大概不明白你的意思，」她說，「你拿回錢包，你和搬運工將會上路。好的。可是告訴我，法蘭西斯——咱們的兒子回來的時候，我該怎麼說他？」

「我看，說他是個麻木不仁的混蛋。」

「我想我不該跟他發火，」她靜靜地說，「露西的母親讓露西不高興的時候，他非常生氣，好像那是露西做的。」

「去睡覺吧。」他說。

「我們養了這麼幼稚的白癡。」她說。

他點點頭，可是她當然看不到他點頭。「睡吧。」他又說了一遍。

「他腦子裡缺了根弦。」她說。

8 安必恩（Ambien），一種治療失眠的藥物。

「明天一早見。」他說。

「你錢包拿到了？都沒問題了，是嗎？」

「沒問題了。」

她說：「看在老天的分上，打開電視吧。」

在歐式自助早餐區，他看到吉姆獨自坐在一張圓桌旁。吉姆在一張紙巾上放了兩個丹麥酥皮麵包——法蘭西斯肯定那是給唐的。桌上放著一杯咖啡，蓋了杯蓋。「今天早上才聽到新聞，」吉姆說，「好像不該有那麼多飛機事故。」

「他們知道原因了嗎？」法蘭西斯問。

吉姆看著他。他看起來比入住的時候還要疲憊。他眼睛下面有黑眼圈，像浣熊。「他們說的都是他們想讓我們聽的。」他說。

「你的朋友唐，」法蘭西斯說，把一把塑膠椅往後拉，「他顯然很崇拜你。」

「他希望我們倆把我兒子接出來，我們照顧他，你明白嗎？去申請社會福利，然後我們照顧他。」吉姆搖搖頭。「他是好樣的。」他說。

「那事一點可能也沒有嗎？」法蘭西斯問。

「不，沒有，」吉姆說，「你不用想都知道。」

「那他是想錯了。他顯然很崇拜你。」法蘭西斯又說。

「是啊，不過可不是『斷背山』。」吉姆說，咬了一大口貝果。

法蘭西斯再次嘗試：「我想他可能會做些——可能會做些什麼事——來引起你注意。」

「來嚇唬我還差不多。我兒子是殺傷性武器，」他說，「沒有一個醫生能說出，除了精神病院，還能有什麼人在什麼地方照顧他。」他站了起來。「十分鐘後，大門口見。」他說。

法蘭西斯站起來去拿咖啡。「我希望我問唐的想法是否可行的時候沒有冒犯你。」他說。

「沒有，只是唐不是我的孩子，可有時候我覺得他是。」吉姆搖著頭往門口走去。然後他轉過身。「如果是他給你施壓讓你提出要買誘鳥而你不想要的話沒關係，我不會不高興的。」

「他沒有。我是很想要一隻。你的手藝很精湛。你真的是個藝術家。」法蘭西斯說。

吉姆慢慢地點頭。「我祖父手藝更好，那是二十年前了，不過我一直堅持，時不時學點新東西。」

「價錢非常合理。」法蘭西斯說。

「我發現錢多點少點，日子都差不多。」

「你不覺得必須給我報個低價吧，基於某些原因？」法蘭西斯問。

吉姆看著他。

「你知道，我家裡氣氛會有點緊張。我兒子的女朋友就在那架飛機上，已經夠糟糕了，而且她還懷孕了，他卻不想跟她結婚。」

吉姆的臉上閃過一絲關切。「你今天真是不停地給人意外。」他說。他似乎在考慮是該繼續往前走，還是待在原地不動。「叫他別結婚，」他說，「要是他願意考慮你的意見的話。」

「我想讓你們做好準備，因為氣氛可能會有點緊張。」法蘭西斯說。

「我們就把家具搬進去，然後撤離，」吉姆說，「我們只是搬運工。」

「我妻子有時會用冷淡來應對焦慮。」

吉姆點點頭。「沒打算跟你妻子做朋友。」他說。

「五分鐘？」法蘭西斯說。

「差不多。」吉姆說著轉身走過早餐區色彩雜亂不堪的地毯，就好像是破萬花筒裡的碎片，狂亂的顏色上撒滿碎屑。

「你的朋友唐，」法蘭西斯說著從吉姆身後走上前去，「他有時像個壞孩子嗎？會做不該做的事？」

「可不是，」吉姆說，「可是又能拿他怎麼辦？」

「我也不知道拿我兒子怎麼辦，」法蘭西斯說，「就像你說的——他是我兒子。他不大可能聽我的話。」

吉姆點點頭。「勸他不要跟他不願意結婚的人結婚，值得一試，」他說，「人生沒有多少驚喜。」

「我也正是這麼想的。」法蘭西斯說。

「朋友，家人，他們每一次都能傷到你。」吉姆說。

這一句，讓法蘭西斯肯定了吉姆知道唐和錢包的事，或者他至少知道唐做得出來，把丟了的錢包藏起來，回頭再取。否則，他們一直在談什麼呢？朋友和家人？

法蘭西斯深吸了一口氣，走進讓人壓抑的灰牆臥室，露西臉朝窗戶躺在裡面。她已經告訴他妻子，她和謝爾敦之前一直在寫信交流，他們決定分手，但是最後一刻她在東京發了郵件給他，讓他來機場接她。然後她做了一件很差勁的事：她終於能夠離開甘迺迪國際機場的時候，堅稱就算她死了他也不會關心。她兩樣都想要：跟他分手，還要讓他愛她。露西告訴法蘭西斯，謝爾敦當時平靜卻又冷漠地指出這一點，她不讓步，他就大步走出房子。所以事情並不像伯娜彙報的那麼簡單。

不過，他知道還有更多隱情。她看起來不像懷孕了，但也許是因為肚子還不太顯，或者是她已經做了什麼手腳。

「露西，」他說著在床上坐下，「我當律師時，因為相信直覺，所以總是成功。我清理思緒的時候總會閉上眼睛，任思緒四處飄遊，直到我對自己承認我知道的事。露西？」

「你和你妻子對我都很好。我不知道你兒子為什麼要跟你保持距離，但是我在這裡的時候不知為什麼，我也學他。我猜我是過於警惕，因為我父母總讓我崩潰，尤其是我母親。」

「我們別偏離軌道，」他說，「因為我的想法四處遊走，我會在不應該偏離軌道的時候發生偏離。我在別人還沒注意到的時候辭去律師職務——見好就收最好。但是我近來胡思亂想，我的直覺告訴我你懷孕了。」

她翻過身來，瞪大眼睛看著他。可能是背景——灰色的牆——讓她看起來格外蒼白。

「你怎麼可能知道？」她低聲說。

「你想知道嗎？是因為香蕉，」他說，「雖然是伯娜先注意到香蕉皮的。」

「哦，天啊。」露西說。她又翻過身去面對著窗戶。

「但是她沒有把事情聯繫在一起，」他說，「我開始也沒有。可能你若是不小心留了些棉花糖霜的空罐和披薩盒子，就更容易猜。」

「只是香蕉而已。」她說。

他點點頭。

「你知道，所以你討厭我。」她說。

「討厭你？伯娜和我喜歡你。是我們的兒子，他的行為——即使在你心亂如麻、有時差、恐懼得要死的時候……還這樣。他應該更體貼一點。」

「他在哪？」

「我不是千里眼，」他說，「有時我閉上眼睛，會明白一些事情，但大多數時候不能。」

「你打算怎麼辦？」她說。

「我？我可以問問你打算怎麼辦嗎？」他看著她長而纖細的腿和平坦的小腹，「或者你已經做了什麼？」

她一下子跳了起來。她說：「我不敢跟他說。我不知道我想他是因為我想讓自己相信我還愛著他，還是我真的想他。我母親會殺了我。她從我十三歲起就叫我吃避孕藥了。」

「你提前回去是因為你要處理這個。」他說。
她點點頭。
「他會回來的，你們倆必須好好談談。」
「你妻子知道嗎？」她說。
「不。」
「你沒跟你妻子說？」
「我認為我沒錯，但我不大確定，」他說，「事實上，如果我錯了，我就該清醒一下了，這會讓我懷疑我最近猜測的一件事是不是也錯了。」
「什麼是不是錯了？」她問。
「哦，有人偷了我的錢包，後來又假裝找到錢包，想充英雄。」
「你認識那個偷錢包的人？」她問，「你跟他說你知道嗎？」
「你憑什麼猜測那是男的？」他問。
「什麼？」
這不是逗她的時候，她狀態不好——她沒有意識到他想讓她反思自己的臆斷。他說：「沒有，因為我無法證明。但是我跟他最好的朋友（他想叫這個朋友瞧得起）多少說了，暗示我明白發生什麼事。」

他把手放在膝蓋上，準備起身。她把身體重量移到臀部，目光追隨著他。「你看我應該怎麼辦？」他站起來的時候，她問，「我沒有多少時間。」

他考慮了一下。「我想謝爾敦一出現，你就會想跟他好好談談。」

「沒有跡象表明他不會出現嗎？」

他笑了。他太容易贏得她的仰慕，而通常他只知道一點點。常識告訴他，他的兒子——這個懶惰、被寵壞了的兒子——會回到父母家，哪怕只是因為他實在無處可去。即使現在，他都能感覺到謝爾敦正在觀察，就像鴨子環繞著誘鳥，等待某種直覺，告訴牠們一切正常，可以安全靠近，牠們被放哨的領頭鳥騙了。（領頭鳥會是伯娜，她拿著刺繡坐在椅子上，歪著頭，對自己人生的變故將信將疑。）綠頭鴨群看起來很融洽，牠們浮在水面上吃東西，很像律師們擺出姿勢，顯示他們可以毫不費力地應付自如。然後，那道目光會游移到那隻漂亮得出奇的白鷺身上，經過漫長的飛行，她剛剛漂過來，碰巧落在他的床上。法蘭西斯為自己的構思而微笑：他想知道，誰才是這個家裡真正的作家。他兒子還會讓自己保持一段時間的距離，心裡盤算著：一切正常？到了餵食時間？最尋常的生活正在進行？那隻白鷺會以某種異於旁物的介入證實一切正常。但如果是這樣——把比喻延伸下去——他兒子就錯了，他將會落入陷阱，雖然不足以致命：沒有什麼比家庭生活更糟，也沒有什麼是他不能逃離的。法蘭西斯想到，他，他自己，也許很早以前就離開了，就在他第一次意識到自己娶了一個好女人，卻不是一個他能為之付出生命的女人，而他們唯一的兒子滿身缺點的時候。那他後悔自己留下來嗎？不。他從來都不相信完美的存在。他也不認為他留下來就應該得到獎勵：吉姆的綠頭鴨只能代表他花錢買了東西的收據。

綠頭鴨一直沒有寄到，不管有沒有包白毛巾，也不管有沒有光亮的棺材，他也沒有繼續追蹤。不過，兩天以後，他兒子就回家了。

（二〇〇六年十一月二十七日）

LINK 28

紐約客故事集 III——兔子洞是更可信的解釋

The New Yorker Stories

作者　安・比蒂（Ann Beattie）
譯者　周瑋
總編輯　初安民
責任編輯　宋敏菁
美術編輯　陳淑美
校對　吳美滿 宋敏菁
發行人　張書銘
出版　INK 印刻文學生活雜誌出版有限公司
新北市中和區建一路 249 號 8 樓
電話：02-22281626
傳真：02-22281598
e-mail : ink.book@msa.hinet.net
網址　舒讀網 http://www.sudu.cc
法律顧問　巨鼎博達法律事務所
施竣中律師
總代理　成陽出版股份有限公司
電話：03-2717085（代表號）
傳真：03-3556521
郵政劃撥　19785090 印刻文學生活雜誌出版有限公司
印刷　海王印刷事業股份有限公司
港澳總經銷　泛華發行代理有限公司
地址　香港新界將軍澳工業邨駿昌街 7 號 2 樓
電話　(852) 2798 2220
傳真　(852) 2796 5471
網址　www.gccd.com.hk
出版日期　2018 年 05 月　初版
ISBN　978-986-387-239-9

定價　320 元

國家圖書館出版品預行編目資料

紐約客故事集 III：兔子洞是更可信的解釋
／安・比蒂（Ann Beattie）著．
周瑋 譯 -- 初版．–新北市中和區：INK 印刻文學，
2018. 05 面；14.8 × 21 公分 . --（Link；28）
譯自：The New Yorker Stories
ISBN　978-986-387-239-9　（平裝）

874.57　　107005743